·当代名家论语丛书·
曹顺庆◎主编

曹顺庆
论中国话语

曹顺庆◎著
李甡　翟鹿　周姝◎编

中国社会科学出版社

图书在版编目（CIP）数据

曹顺庆论中国话语 / 曹顺庆著. —北京：中国社会科学出版社，2022.11

（当代名家论语丛书）

ISBN 978-7-5227-0480-7

Ⅰ.①曹⋯ Ⅱ.①曹⋯ Ⅲ.①文学研究—文集 Ⅳ.①I0-53

中国版本图书馆 CIP 数据核字（2022）第 124887 号

出 版 人	赵剑英
策划编辑	孙　萍
责任编辑	刘凯琳
责任校对	冯英爽
责任印制	王　超

出　　版	中国社会科学出版社
社　　址	北京鼓楼西大街甲 158 号
邮　　编	100720
网　　址	http://www.csspw.cn
发 行 部	010-84083685
门 市 部	010-84029450
经　　销	新华书店及其他书店
印　　刷	北京明恒达印务有限公司
装　　订	廊坊市广阳区广增装订厂
版　　次	2022 年 11 月第 1 版
印　　次	2022 年 11 月第 1 次印刷
开　　本	880×1230　1/32
印　　张	7.375
字　　数	141 千字
定　　价	48.00 元

凡购买中国社会科学出版社图书，如有质量问题请与本社营销中心联系调换
电话：010-84083683
版权所有　侵权必究

总　　序

　　学术的传承离不开"话语",中外皆然。所谓"话语"是指文化思维和言说的表述方式和言说规则,具体地存在于学者的著述之中。可以说,每位学者都有一套自己的话语,以此形成自身的研究特色,并不断产生新见,推动相关领域的发展。文脉道统之赓续的一个重要方面,就是这种话语言说的传承。自古迄今,东西方都有格言金句式的语录体和对话体经典。在中国,《论语》是比较纯粹的格言金句式的语录体,《孟子》《庄子》则进一步朝对话辩论体发展。以《论语》为例,若没有孔门弟子及再传弟子的记录,孔子与其弟子在言谈中形成的"仁""礼"等儒家话语就无法流传后世。与此相类,西方有《柏拉图对话录》,以记录对话的方式集中保存了苏格拉底和柏拉图的格言金句和哲理话语;也有《歌德谈话录》,是歌德研究不可绕过的经典文献;尼采、本雅明、麦克卢汉、波德里亚更是将此格言金句作为其理论运思和表达的主要方式。凡此种种，无不对人类的学术传承产生了重要影响。

我常说中国古典文论的特征之一是以少总多，三言两语却意蕴无穷。相比于博喻酿采、炜烨枝派的缛说繁辞，简言以达旨、文尽而意有余的表达在文论众家眼中拥有更高的格调。"谁言一点红，解寄无边春"，这就是格言金句的魅力。它言简意赅，总能在超越繁复说辞的简洁中发出耀眼的光芒，穿透厚重的历史，照亮当代，启迪人心。我认为，领悟无需话语多，精华一语胜千言。"金句"正因为"少"，才更容易被人们记住，也才拥有更为持久的生命力。

基于以上理念，我们编选了这套《当代名家论语丛书》，试图将每位学者的著述精华与格言金句集于一册，以期最大限度地凸显其价值。因为这套书是各位学者思想观点的摘录汇编，所以可为相关领域的研究者提供参考之便。但本丛书不完全是学术专著，在方便学界同人交流之余，我们更期待这些话语能和学术之外的广大读者相遇。高校不应当是封闭的象牙塔，学者不应当是与世隔绝的孤家寡人，知识也不应被局限在某个小圈子内部，我们尽量将繁冗的论述转变为精简直接的格言金句，呈现为鲜明易懂的观点，目的也在于此。我们并不认为精密深邃的理论论述无关紧要，但是在面对大众的非学术语境下，精简论述也意味着减少与大众的隔阂和推进学术与人民的贴近。

本丛书首批书目包括《曹顺庆论中国话语》《赵毅衡论意

总　序

义形式》《金惠敏论文化现象学》《李怡论诗与史》《龚鹏程论中华文化》五种，它们集中了这些学者各自研究领域中的关键论题与思想闪光，一定程度上是他们步入学界至今的总结。以后还会有众多名家的论语著作在本丛书出版。当然，说学术"总结"并不完全准确，因为每册书所展现的，仅仅是该学者研究的一个侧面，而且，说"总结"也为时尚早，学术不断向前发展，学者们今后肯定还会精进不懈，新见迭出。取"当代名家论语丛书"之名，目的是思摹经典、祖述前贤，以语段摘录的形式论列学术论著之话语，展示管窥蠡测之见，希望能以这种形式提升思想观点的传播力度、扩展学术传播的范围，最终推动学术在学界内外的传承。

这套书的面世，少不了参与学者的积极配合，少不了选编者的耐心摘录，也少不了本丛书助手李甡的细致工作，少不了中国社会科学出版社的大力支持，谨向这些同人学友表示衷心感谢。至于丛书是否达到了我们预期的目的，还有待读者朋友的检验。既然是摘录，难免有些观点存在割裂之感，万望学界同人及读者谅解，疏漏之处，恳请指正。我们期待与学界诸君和广大读者交流，达成对话，因为对话是推动学术进步的真正有效方式。

曹顺庆

2022 年元旦于成都锦丽园寓所

自　　序

我的中国话语研究：从"失语症"到变异学

我的学术论文写作是从复旦大学开始的，1979年我在《复旦大学学生学术论文集》上发表了《略论孔子的美学思想》。四十余年过去，现在再看，这只是一篇稚嫩的习作，但它的发表对我鼓舞极大。之后我来到四川大学跟随杨明照先生学习中国文学批评史，硕士期间又发表了《亚里士多德的"Katharsis"与孔子的"发和说"——中西美学理论研究札记》。这篇文章涉及的"Katharsis"与"发和说"的相似，其实在1979年的文章中已经略有提及。硕士、博士期间我的文章大多关于中西诗学的比较，我在这方面的一些思考和研究，最后集中体现为博士学位论文《中西比较诗学》。这部论文1988年由北京出版社出版，可以说是我学术生涯的第一个里程碑。

如果就这样叙述自己的成果，读者朋友们可能只会得到一份论文和著作的清单，但我想说的是，比较诗学的学术起点决定了我今后着力的方向，回顾这个起点，也是为大家理解这本书提供一个前置性的理解语境。

我在比较诗学的研究中发现，中西文论的共同规律固然重要，但各自独具的理论价值也不可忽视。然而实际情况却是这种"异质性"往往被遮蔽。我很早就反思过"言必称希腊"的现象，可以说我对这一现象始终怀有警惕。

我把这一现象作为问题进行认真的探讨，是在1995年。我正式提出了中国文论"失语症"的观点，认为现当代的中国文学理论长期借用西方的话语，我们没有中国话语，无法发出自己的声音。中国话语是我们独特的表达、沟通、解读的文化规则和学术规则，如果没有中国话语的支撑，没有其术语、概念和言说体系，中国的文学就始终面临被西方话语肢解的危险。

由此，我又提出重建中国话语，关注中国古代文论的现代转换、西方文论的中国化以及中国文论的中国化问题，认为话语重建需要接续传统的文化血脉，也需要融汇西方的理论精华。这一提倡带动了学界的实践，"问题的发现"开始走向"问题的解决"。

同样在1995年，我系统梳理了比较文学中国学派的理论特征与方法论体系。其中"对话研究"是我从已有的学术实践中所概括出的方法论之一,我认为对话不必强求双方采用同一话语,异质性的话语之间仍可以就相同的问题达成对话。

也正是在对比较文学以及中国学派的研究中,我开始思考比较文学学科理论的相关问题。其中一个就是异质性的可比性问题。同源性和类同性无疑是比较之所以成为可能的坚实基础,但仅仅看到"同"也会极大限制比较文学学科的发展,使之产生危机。于是我开始强调"异"的可比性,并于2005年在《比较文学学》中正式提出了比较文学变异学,之后也不断进行补充。变异学的基础就建立在异质性的可比性之上,这也为比较文学跨文明研究确立了学理合法性。

比较文学跨文明研究也是我集中思考的问题。可以说我国的比较文学研究天生就是跨文明的,只是以前的比较文学理论不曾将跨文明纳入视野。由于缺乏自己的理论话语,中国学者只能依靠西方理论,从而导致了求同比附等诸多问题。事实证明,中国学者的问题只有在建构起中国的理论话语之后才能够解决,而变异学就是比较文学理论的中国话语。

回首这40余年,从反思"失语症",到提出变异学理论,我始终围绕着中国话语这一主题。目前,中国话语已经在国际比较文学研究中发出了自己的声音,得到了国际学界的肯定。我们有理由相信,中国话语能够很好地兼容异质性与世界性,也有足够的信心，期待中国话语在更多的人文学科中建构起来。

选编这样一本收录只言片语的书，似乎是向当今碎片化的阅读方式妥协。不过振叶寻根、观澜索源，我们可以发现，中国古代的文论著作，也有相当大的比例是语段的集合，先秦的《老子》《论语》等更是格言、语录式的片段。中国古人重视捕捉兔起鹘落般的感悟，三言两语却能以少总多，如沙中之金闪闪生辉，这本身也是中国话语的特征之一。

在以有涯之生随逐无涯之智的路途中，我常常产生和刘勰一样的感叹："文果载心，余心有寄。"这本书多少承载了一份寄托，也足以是一种记录，如果书中的段落可以同样带给大家一些感悟和启发，它的目的就已经达到了。

曹顺庆
2021 年 11 月

目录 CONTENTS

中国古代文论话语 ………………………………（ 1 ）
中国文论"失语症" ………………………………（ 15 ）
重建中国文论话语 ………………………………（ 31 ）
中国古代文论范畴 ………………………………（ 51 ）
中西诗学范畴比较 ………………………………（ 62 ）
比较诗学与总体诗学 ……………………………（ 95 ）
世界文学发展脉络 ………………………………（108）
比较文学学科理论 ………………………………（119）
比较文学中国学派 ………………………………（136）
比较文学变异学 …………………………………（149）
跨异质文化与跨文明 ……………………………（171）
学科建设与人才培养 ……………………………（195）

征引文献 …………………………………………（211）
编者后记 …………………………………………（221）

中国古代文论话语

【本组摘录以"中国古代文论话语"为题,主要包括"话语概念""非性文化""悲剧精神""生命关联""话语异质性"等内容,体现了作者对中国古代文学、文论产生的时代环境、文化语境及深层意义的关注。】

所谓"话语"(discourse),并非指一般意义上的语言或谈话,而是借用当代的话语分析理论(discourse analysis theory)的概念,专指文化意义建构的法则。"这些法则是指在一定文化传统、社会历史和文化背景下所形成的思维、表达、沟通与解读等方面的基本规则,是意义的建构方式(to determine how meaning is constructed)和交流与创立知识的方式(the way we both communicate with each other and create knowledge)。"[①] 说得

[①] 曹顺庆:《中外比较文论史·上古时期》,山东教育出版社1998年版,第335页。

更简洁一点，话语就是指一定文化思维和言说的基本范畴和规则。(2008-1，第124页)

有人认为，中国传统的文论话语无非就是"风骨""妙悟""意境"等等范畴而已，这是一个误解，古代文论范畴并不是笔者所说的"文化规则"。每一种文化、文论都有自己的规则，范畴只是话语表层的东西，而文化规则是支配范畴的深层的东西；范畴是有时代性的，而文化规则是贯穿于历史长河之中的。此即笔者常说的"死范畴""活规则"，即范畴可能死亡，而规则仍然存在，规则不会随着范畴的过时而死亡。例如先秦没有"风骨"范畴，魏晋没有"妙悟"范畴，唐代也无"神韵"概念，这些具体的、个别的范畴都有时代局限性，随着时代产生，也随着时代而消亡。但是支配这些范畴的深层文化规则一旦形成，是不会轻易消失的，并始终支配着文论范畴。(2008-1，第124页)

在我看来，中国传统学术规则主要体现在两个方面：一是以"道"为核心的意义生成和话语言说方式；二是儒家"依经立义"的意义建构方式和"解经"话语模式。这两条主线又派生出其他的生成规则，如言不尽意、立象尽意、虚实相生、微言大义等，共同支撑起中国学术的大厦。(2009-6，第

83页）

《老子》说："道可道，非常道；名可名，非常名。"（《老子·第一章》）就是意义的生成方式。"道"是万物的本源，也是意义的本源，"道生一，一生二，二生三，三生万物"（《老子·第四十二章》）。"道"从哪里生出意义呢？是从虚无中产生的。"天下万物生于有，有生于无。"（《老子·第四十章》）王弼解释说："天下之物，皆以有为生，有之所始，以无为本；将欲全有，必反于无也。"（《老子注》第四十二章）这种"无"并不是空空如也的"无"，而是一种以"无"为本的"无物之物"。"无中生有"的意义生成方式与逻各斯的"有中生有"是根本不同的，由此确立了中西方文化和文论的不同方向与路径，"无中生有"也就成为中国固有的文化规则之一。

意义的生成方式决定了话语言说方式，"道"的不可言说性也就是意义的不可言说性，意义不可言说但又必须用语言来表达，这就有了庄子所说的"言者所以在意，得意而忘言"（《庄子·外物》）。也就有了《周易·系辞》所说的"言不尽意"，"圣人立象以尽意"。逐渐形成了强调言外之意、象外之象的话语言说方式。这个话语方式表现在"不著一字，尽得风流"（司空图：《二十四诗品·含蓄》）的"不言言之"中，表现在"简言以达旨"（刘勰：《文心雕龙·征圣》）的"简言言之"中，表现在"谁言一点红，解寄无边春"（苏轼：《书鄢陵王主簿所画折枝二首其一》）的"略言言之"中，更表现在"比兴""兴趣""妙悟""神韵""意境"等文论范畴中。

强调意义的不可言说性始终是中国文化一个潜在的、深层的文化规则。例如刘勰讲"隐秀"，注重"文外之重旨"（刘勰：《文心雕龙·隐秀》）；钟嵘论"滋味"，强调"文已尽而意有余"（《诗品序》）；司空图论"味外味"，提倡"象外之象，景外之景"（司空图：《与极浦书》）、"韵外之致"、"味外之旨"（司空图：《与李生论诗书跋》）；严沧浪讲"兴趣"，强调"莹彻玲珑，不可凑泊，如空中之音，相中之色，水中之月，镜中之象，言有尽而意无穷"（严羽：《沧浪诗话·诗辨》）；王士祯讲"神韵"，注重"气韵生动"（王士祯《居易录》）、"妙在象外"（王士祯《古夫于亭杂录》）。至于"比兴""寄托"等诸多范畴，基本上都受这个文化规则的制约，形成了一套独特的话语表达方式，这套体系又具体体现在"以少总多""虚实相生""言意之辩"等等话题上。（2008-1，第124页）

孔子之所以成为中华文化的"至圣先师"，就在于他通过对经典文本的解读来建构意义，从而奠定了中华文化的基本范型和话语模式。

孔子自称"述而不作,信而好古"(《论语·述而》)。"述而不作"就是遵循旧作,整理古代典籍。孔子所编定的《诗》《书》《礼》《乐》《春秋》以及为《易》作传,等等,建立了中国文人以经为本、解经为事、依经立义的解读模式和意义建构方式。[……]孔子在编纂经典的过程中,对古代典籍进行了广泛的解说与阐释,"思无邪"(《论语·为政》)、"兴观群怨"(《论语·阳货》)、"文质彬彬"(《论语·雍也》)等等,就是在对《诗经》的解释中提出来的。

汉代有古文经学与今文经学之分,但在其意义的生成方式上都是依经立义,"罢黜百家,独尊儒术"确立了儒家文化在中华文化中的正统地位;魏晋时代,玄学昌盛,以《周易》《老子》《庄子》为代表的"三玄"就是玄学的经典;宋代理学繁荣,涌现出了二程、朱熹等解经大师;明代王阳明心学影响下的文论话语注重从"六艺之学"中"寄精神心术之妙"(王顺之《与顾箬溪中丞书》);清代的朴学遵守以考据为基点的解经方式。综观中国历代学术的发展,尽管条流纷糅、学派林立,但无论经学、玄学、理学、心学、朴学,其最根本的意义生成方式都是依经立义,就是宗经。"依经立义"的意义建构形成了一套独特的话语言说方式,这就是对经书的阐释方法:传、注、正义、笺、疏等名目繁多的注解方式,就是依经

立义的话语言说方式。(2008-1，第124—125页)

　　孔子以"述而不作"的解读经典的方式，建立起中国文人的文化解读方式，或者说建立了中国文人的一种尊经为尚、读经为本、解经为事、依经立义的弥漫着浓郁的复古主义气息的解读模式和意义建构方式，并由此产生了"微言大义""诗无达诂""婉言谲谏""以兴互陈"等话语表述方式，对中华数千年文化及文论产生了巨大的、决定性的和极为深远的影响。这种尊经、读经、解经、依经立义的解读方式和意义建构方式以及话语表述方式，与西方"爱真理甚于爱师"的反叛经典趋向，主张独立思考"爱智慧"、求真知、重创新的文化路径相比，堪称完全不同的文化范式与文论话语系统。这是中国与西方文化与文论为什么会分道扬镳的一个重大的基本的原因。(1998-Z，第455—456页)

　　在世界文化史上，老、庄首创了消解性（或曰解构性）话语系统。庄子继承了老子的思想，并加以进一步发展深化，最终确立了道家的话语解读模式及其"无中生有"的意义生成方式。[……]意义建构，首先是从解读开始的。这里的所谓解读，并非仅指文本解读，而是广义的解读，它包括对宇宙万物的认知性解读，对人类社会的认识与解读，对人类自身的认识性解读,以及对文化典籍的解读,等等。可以说,没有这种广义的解读,任何意义都不可能产生。以老子、庄子为代表的道家思想的意义建构方式,是从消解性解读开始的。这种消解性(或曰解构性)解读,正是道家思想的意义生长点;也正是这种消解,构成了道家思想与话语系统和言说方式的最基本特征,使道家的"道"与赫拉克利特等古希腊哲人的"逻各斯"分道扬镳,最终形成了道家的独特消解性(解构性)话语系统。(1998-3,第29页)

老、庄的自我消解性解读,建构了中国一种非宗教性的人生解脱和生命超越的方式,一种此岸世界的诗意栖居。这对中华文化产生了极大的影响。中国文化的非宗教性,不仅仅因儒家的"不语怪力乱神"(《论语·述而》),更因为老、庄的这种独特人生方式。不理解这一点,就没有真正理解中国文化,也不能真正理解中国文学艺术及文论。(1998-3,第33页)

消解性解读,的确构成了老、庄话语解读模式的一大特色,从对文本的消解(古书为糟粕),对社会文明的消解(绝圣去智),对自我的消解(忘己)到对宇宙万物的消解(天下万物生于有,有生于无),构成了一整套消解性解读模式,并从消解中建构起了老、庄独特的一个重要的"无中生有"的意义生成方式和话语模式。也正是这一套话语体系,成为中国文化的一大支柱,奠定了中国文化区别于自古希腊以来西方文化的最基本的文化基础和文论特色。(1998–Z,第702页)

中国古代非性文化对中国古典文艺美学的影响是潜移默化、深入骨髓的。[……]在风格上提倡"持人性情"(刘勰:《文心雕龙·明诗》),节制情感相联系的"温柔敦厚"(《礼记·经解》),"乐而不淫,哀而不伤"(《论语·八佾》)的中和美,在文采上反对浓艳华丽,推崇与"抱朴""寡欲",乃至"无欲"相关的朴素典雅,清淡质拙、外枯中膏的文采,在"文气"上强调与礼义节情欲的道德修养等,这些中国古典美学理论特征,在深层机制上,都与"非性"文化有着内在的紧密联系。(1995–Z,第19页)

"非性"与"全性"的较量,"天理"与"人欲"的抗争,"尊情"与"抑性"的碰撞,构成了中国文化、中国古典美学理论的二重奏,由此演成了数千年中国文化与中国美学的曲折蜿蜒而又波澜起伏的艰难历程。(1995–Z,第23页)

在思考中我发现,无论是"持人性情"(刘勰:《文心雕龙·明诗》），还是"思无邪"（《论语·为政》）；无论是"忧在进贤，不淫其色"（《毛诗序》），还是"发乎情，止乎礼义"（《毛诗序》），其中一个重要的问题在于对"色""淫"等性（男女之性，Sex）问题的高度警惕与严格限制，在于对性的否定性倾向（非性）。汉儒曲解《诗经》的一个重要动机在于淡化乃至抹杀"诗三百"中所描写的性爱内容。"止乎礼义"也好，"思无邪"也好，其目的大都导向"不淫其色"，以便用诗来"经夫妇，成孝敬，厚人伦，美教化，移风俗"（《毛诗序》）。这就是汉儒曲解《诗经》的动因以及后世文人大都不敢非议《毛诗序》的"神奇力量"之所在。纵观中国整个文学批评史与美学史，你会发现不少重大理论问题都在这一点上扭结。（1995-Z，第205页）

据我所知，学界有不少人是不同意中国没有悲剧这一说法的，但没有从根本上探求中国悲剧意识的根源。大多是举了一些具体的作品例证来反驳，如"中国十大悲剧"，尤其是《窦娥冤》《赵氏孤儿》《桃花扇》等等。具体的例子固然能说明一些问题，但没有从根本上，即从所谓"终极问题"，以及"对人生悲剧性感受"等问题上来深入论述，因此不仅反驳无力，对深探中国悲剧精神之根源也无甚助益，有时反而给人以理屈词穷乃至强词夺理之感。如果我们能从生命悲剧意识这一角度来深探中国悲剧之根源，从庄子悲剧意识中重新审视中国悲剧及悲剧意识，问题便可迎刃而解了。（1998-Z，第737页）

中国古代悲剧大约可以分为三类：其一是"善有善报，恶有恶报"的模式，如《窦娥冤》；其二是精忠义士式的悲剧，如《精忠谱》《赵氏孤儿》等；其三是看破红尘、解脱人生式的悲剧，《桃花扇》《红楼梦》是其代表作。这最后一种，是与庄子悲剧意识相一致的。（1998-Z，第738页）

西方悲剧精神，重在表现一种由恐惧而来的崇高感，而中国的悲剧精神（这里主要指由庄子而来的悲剧精神），则重在看透人生而达到物我两忘的空灵超脱感。西方由悲而崇高，故悲得惨烈；中国由悲而旷达，故悲得深沉而飘逸。这是两种不同的悲剧精神，两种不同的悲剧美感。只有明智地认识到这一点，才可能真正发现中国的悲剧精神之所在，才不会去以西律中，更不会责备中国人"对人生悲剧性的一面感受不深"[①]。（1998-Z，第740页）

---

① 朱光潜：《悲剧心理学——各种悲剧快感理论的批判研究》，张隆溪译，人民文学出版社1983年版，第217页。

古往今来，数不清的墨客骚人，从生的短暂痛苦之中超越和升华，创造出了人类辉煌灿烂的文化，撰写了无数动人心扉的文艺作品。因此，从这个意义上说，人类数千年的文化，尤其是作为展现人类心灵的文学艺术，正是人类生命意识的升华，是人类生命的璀璨光环！（1996 - Z - 2，第3页）

"气"不但是生命之源，也是文学艺术魅力之所在，是文艺活泼泼的美和传神风韵之根本。禀刚健之气，则风清骨峻，篇体光华（《风骨》）；禀阴柔之气，则情深辞宛，伏采潜发。"文气"，是集天地灵气之花朵，是作家生命的展现和升华。（1996 - Z - 2，第5页）

中国文化不注重形而上的纯思辨，而是注重生命的体验和感悟。因此，中国文学和文论之中更加充满着生命的韵律和灵性，折射出生命意识的五彩光环，从中我们不难触摸到古人的性情、胸怀、气质、风度，体味到古人对世界和人生真谛的咀嚼和领悟，对理想的执着追求。在古代文学艺术及其理论之中，呈现着古人生命所历、所感、所求，呈现着生命律动的表征。（1996 - Z - 2，第5—6页）

中国古代文学艺术传统，是中华民族创造的璀璨夺目的瑰宝，我们应当珍视自己民族的优秀遗产，我们没有什么必要，也不应当蔑视中华艺术的民族传统。[……]中国的文学艺术决不能抛弃中华文艺优秀的民族传统而跟在别人后面亦步亦趋。它只有深深扎根于现实生活，立足于本民族文学的优秀传统，在此基础上兼收并蓄、取其精华、弃其糟粕，方能开出独具芳香的花朵，方能以其独具的色彩与世界文艺争奇斗艳！（1985-6，第104页）

戴上有色眼镜，自然会将事物认错。当今中国学界，戴上西方思维方式的有色眼镜，来看中国古代文论的不乏其人。我这里所说的有色眼镜，是指那些几乎完全奉西方的标准为圭臬、以西方的价值为准的来判断一切的人。我并不反对借鉴西方的思维方式，但反对以西方的标准来要求中国文论。（2000-Z，第3页）

中国文论有无言说能力，其实只要对中国古代文论有真正理解，这并不是一个困难的问题。问题的困难在于：为什么言说了上千年的中国文论话语，会在今天完全失效？这里的重要原因之一，是对中国文论的异质性认识不够。所谓异质性，是指从根本质地上相异的东西。就中国与西方文论而言，它们代表着不同的文明，在基本文化机制、知识体系和文论话语上是从根子上就相异的（而西方各国文论则是同根的文明）。这种异质文论话语，在互相遭遇时，会产生相互激荡的态势，并相互对话，形成互识、互证、互补的多元视角下的杂语共生态，并进一步催生新的文论话语。但如果不能清醒地认识并处理中西文论的异质性，则很可能会促使异质性的相互遮蔽，并最终导致其中一种异质性的失落。而中国古代文论的现代命运，正是学界忽略其异质性，处处套用西方文论而不顾及中国文论的异质性，使中国文论话语的异质性被西方文论话语所遮蔽，并最终使中国文论话语失落。(2000-6，第26页)

由于一个世纪以来西学知识对中国传统知识的全面替换，我们实际上已看不到中国传统文论的意义。首先，几乎所有对传统文论的研究，阐述都是在纳入西方诗学知识谱系的背景中展开的，因而传统文论只是作为方便取舍的材料呈现出西方诗学的意义。其次，这种由中西知识谱系的替换而导致的对中国文论的意义置换实质上意味着一种传统文论"缺席"的研究；"中西比较"实质上是中方缺席的比较，"传统阐释"实质上是传统不在的阐释。"缺席"的根源在于：作为中国文论意义根基的传统知识谱系背景已被前提性地消解或抽空。最后，由于如此的抽空，我们的思想和学术言说的知识眼界与语义空间实质上只剩下西学一维。由此便决定了我们无法承担起这一代

学人在中西边界处划界、分疏、交汇并有效开启和创新的使命。(2000-6，第27页)

汉语性在这里不是一个语言学概念，而是一个文化学概念，"汉语"不只是指表达层面的东西，而是指以语言为标志的民族文化的建构。"汉语"在此的用法正如维特根斯坦的名言：想象一种语言，就是想象一种生活方式。它以语体形态为核心，含纳着思维方式、体验结构、知识形态、价值精神，含纳着与生存内在相通的对民族独特生存之域的穿透、表达和照耀，以及由此而来的独特的文化建构。在这个意义上，汉语性首先呼唤以"汉语方式"入思和建构。在语体层面上，汉语传统所独有的直觉穿透性、直接呈象性、形态不确定性以及文体、表达的高度丰富性和灵活性等，应首先在译体化的板结背景中复活，以期逐渐走出"翻译体"一统天下的僵化局面。其次，在知识建构上，应打破西学知识的霸权状态，逐步激活并输入中国本土的异质知识，重新确立知识信念和多元化的知识标准。最后，也是最重要的，在精神价值、文化建构的层面，应强调整个理论批评的原创性，以民族生存的穿透、表达为根本，而不以西方理论的逻辑为根本。(2001-4，第97页)

中国文论"失语症"

【本组摘录以"中国文论'失语症'"为题,收录了"'失语症'的表现""'失语症'的病因""'失语症'与话语规则""失语症与科学主义"等内容。】

我们大体明确了这样一个问题,即在文论话语问题上,不但有着中西的差异,而且有古今的区别,这二者又是密切相关的;中国现当代文论话语,与西方文论话语更为接近,甚至基本上操的是西方文论(包括俄苏文论)话语系统。问题的严重性就在这里:在话语问题上,现当代中国学者基本上认同西方话语,离中国传统话语已经十分遥远,近乎断根,患上了极为严重的失语症!这种失语症,是文化的病态现象。在失语初期,可能有其历史的必然性和必要性,学界大多数人担心的不是失语,而是传统文化死灰复燃,阻碍中国向现代化前进的步伐,因此,抱着矫枉必过正的心态,高举"打倒孔家店"的大旗,不惜完全抛弃传统话语。然而，时至今日，在世纪末的总结与沉思之中，在展望即将到来的世纪之际，已有学者开始意识到这种文化病态现象，并认识到患上严重失语症的中国学界在文化学术发展上的严峻性。我在《中国文化与中国文论后记》中指出：中国文学要想真正走向世界，自立于世界文学之林，就必须重新建构自己的理论话语，否则，中国文学就只能充当西方文学的模仿者、追随者甚至附庸。（1995-3，第224—225页）

长期以来，中国现当代文艺理论基本上是借用西方的一整套话语，长期处于文论表达、沟通和解读的"失语"状态。自"五四""打倒孔家店"（传统文化）以来，中国传统文论就基本上被遗弃了，只在少数学者的案头作为"秦砖汉瓦"来研究，而参与现代文学大厦建构的，是五光十色的西方文论；1949年以后，我们又一头扑在俄苏文论的怀中，自新时期（1980年）以来，各种各样的新老西方文论纷纷涌入，在中国文坛上大显身手，几乎令饥不择食的中国当代文坛"消化不良"。（1996-2，第50页）

文化的断裂与对本民族文化的陌生化，导致了现当代中国文化精神家园的丧失，以及文化的失范和文论的失语。在这种"失语"的状态下，根本谈不上与西方文论的对话。（1996-

Z-2，第436页）

一百多年来，中国向西方的学习不可谓不多。在西方列强用坚船利炮轰开了中华文化的坚固堡垒的同时，也震醒了爱国志士救亡图存的意识。他们深深地感到，国家的衰败落后不能仅仅归结于外邦的入侵，还应归结于传统文化及国民精神的痼疾。所以，他们高呼"打倒孔家店"，并"求新声于异邦"。为了彻底摧毁封建的旧礼教，他们主张"全盘西化"，企图通过"全盘西化"来重铸一个新中国。在这种背景下，西方思潮纷纷涌入中国，国人竞相模仿。不可否认，五四新文化运动在国民思想的启蒙方面做出了巨大的贡献。但同时，由于"五四"的激进，导致了中华文化的断裂，中国文论也逐渐被西方文论所替换。在经过20世纪50年代初的全面"苏化"和80年代以来西方文论的全面输入以后，西方文论虽然给我们带来了许多新的文学理念，但我们在学到别人话语的同时，却失去了自己的文论话语。翻阅50年代以来的文论著作，我们可以看到，80年代中期以前的文论，基本上是苏联文艺理论的拷贝；80年代末至今的文论著作，除了个别学者的论著及关于"意境"等古代文论术语的讲述外，基本上是西方文论的翻版。再看中国的文学批评，在80年代以前，我们只会使用社会—历史批评方法；80年代以后，批评方法林林总总、五光十色，凡西方出现的文学批评方法，都被运用于分析中国文学作品，而中国文论的影子却鲜少见到！甚至在分析中国的古典诗歌时，人们也只会用"浪漫主义""现实主义""内容""形式""结构""张力"等概念，致使中国古典诗歌之神韵在这类分析中消失了，中华民族的艺术精神也没有了自己的家园。(2004-5-1，第105—106页)

这种文化病态，首先表现在民族心态的失衡上。近代中国的极贫极弱、被动挨打，令多少爱国志士长吁短叹、泪洒江河；巨大的民族屈辱，像梦魇一样压抑着中华民族的自尊心，在屈辱与自尊的绞杀之中，中国人的心态被扭曲了，失衡了。(1996-2，第51页)

这种失衡的心态，最明显的状态是常常在自大与自卑两极上下滑动。并极为鲜明地反映在文化与文论研究上。

文化病态之一，是偏激心态的泛滥。如果我们今天理智地评价"五四"时期，可以说"五四"提出了建设新文化的伟大目标，这是其功；但是，"五四"却丢掉了实现这一目标的文化基础，这是其不足之处。显然，当时的伟大口号"打倒孔家店"，本身就是这种偏激心态的产物，当我们把儒家学说视为"吃人""杀人"之时，当我们将孔子、孟子彻底"批倒批臭"之际，在新加坡、在日本、在韩国、在整个东亚文化圈，儒家学说不但没有消亡，而且还奇迹般地成为现代社会的良药。(1996-2，第52页)

正是由于偏激心态的泛滥，导致了"全盘西化"这种错误主张的出台与泛滥。"五四"时期，全盘否定旧文化（传统文化）、旧文学，几乎成了"进步"的象征与旗帜，钱玄同在《新青年》发表文章，提出"对于那些腐臭的旧文学，应该极端驱除，淘汰净尽"[1]，甚至主张废除汉字，代之以世界语。这类极端的理论，正是全面否定传统文化，全面走向西化的偏激心态的产物。(1996-2，第52页)

由于长期的文化虚无主义，长期的文论失语症，导致了人们对传统文化与传统文论的陌生化。这种陌生化，同样是一种文化病态现象，它使得人们从心理上对传统文化、传统文论的不认同。这种不认同，体现在许多人对中国古代文论的历史地位与理论价值的轻视、漠视，甚至否定性的认识和看法上。(1996-2，第53页)

---

[1] 钱玄同：《尝试集·序》，载《中国新文学大系建设理论集》，良友图书印刷公司1935年版，第109页。

长期的文化失语症，导致了人们对中国古代文论解读能力的低下。这种对传统文论解读能力低下，亦是文化病态之一。

所谓解读能力低下，主要分两个层次：其一是一般读者对古代文学和文论原文理解能力较低，大多要靠"古文今译"，即便大学文科本科毕业生，也大多读不懂《文心雕龙》。其二是一些学者，甚至一些古代文学和古代文论研究专家，也不可思议地出现解读的困难，其后果是非常严重的！这种解读能力的低下，并非意味着古代文学与文论专家水平不高，而是所操文论话语的不同所致。例如，当古典文学专家们用西方文论话语来解读中国传统文学和文论时，就不可避免地碰到了难以理解的问题，产生了难于解读的现象。[……]中国诗自有中国诗的神韵，中国文学自有中国文学的品格，用西方的话语来解说中国诗学，用别人的规则来衡量中国诗作，自然方枘圆凿、龃龉难入，不理解、曲解显然在所难免。（1996-2，第54—55页）

文化病态的第三个突出现象是文化价值判断的扭曲。由于长期的文化虚无主义和长期的文论话语的失落，是人们习惯于用西方文化与西方文论的价值标准来判断中国文学与文论，产生了价值判断的扭曲。[……]

中国文化自有中国文化的价值标准，引入西方参照系也无可非议，甚至是必要的，关键问题在于是否以西方价值标准为唯一的、至高的标准。因为中国文化与西方文化，在价值取向、范畴术语、思维表达模式等许多方面都很不相同，以西律中，不一定就能证明中国文化的价值，有时还恰恰相反。（1996-2，第55—56页）

从某种意义上说，力倡"全盘西化"者，与这种文化保守派（或曰国粹派），实质上是同患的一种文化病，即严重的失语症，一种完全盲目（许多情况下是不自觉地）认同于西方文化话语的文化病态现象。（1996-2，第56页）

文论失语症与文化病态的第四个突出现象是理论创造力的低下。[……]

创造绝不是模仿，这是非常浅显的道理。然而，当我们回首中国现当代文艺理论走过的路程时，却惊异而又悲哀地发现这样一个事实：从"五四"迄今，我们的文艺理论研究基本上是在模仿、在追随；即模仿西方各式各样的文论，追随西方各种各样的理论潮流。

五四时期是第一个模仿高潮，各种文艺理论和思潮几乎是蜂拥而入，在浪漫主义"风靡全国青年"之后，现实主义又成为文坛主流，紧接着掀起了现代主义浪潮：唯美主义、未来主义、意象主义、象征主义、表现主义、意识流……柏格森、尼采、弗洛伊德、波德莱尔、韩波、马拉美、魏尔伦、叶芝、梅特林克、奥尼尔、乔伊斯、艾略特……多得数不过来的主义作家、理论家,令人眼花缭乱、目迷五色,告别了传统文论的五四新文学,确实像一个走进现代超级市场的灰姑娘,选择都选择不过来,紧赶慢赶还唯恐赶不上趟,哪里有创造的余地,何曾有创造的本钱。新生的文学理论,在牙牙学语之时便碰到西方文论风靡中华之际,她最初的模仿,就是西方文论话语,当然她也就只会这一套话语。[……]

回头看看,冷静反思一下吧!模仿是必要的,但那绝不是出路。"归去来兮",回来耕种我们自己的田园要紧。不要把我们的才能、精力和时间,完全放在赶时髦追浪头上去。目前中国文艺理论界应当明确自己的选择:是在西方文坛话语的控制下永远去模仿追随,或是回过头来重建自己的文论话语;是在无止境的模仿追随之中泯灭自我,还是适当汲取东西方文论养分来浇灌自己的园地,培育中国文论的参天大树。(1996-2,第56—57页)

中国文论的失语症,首先是文化大破坏使然。"五四"对传统文化彻底否定的同时也彻底斩断了传统文化与现当代文论的联系。与中国文学一样,在"五四"时期,中国文论也"大河改道",在"打倒孔家店"的口号声中告别了传统文论。然而,当中国文坛尚未来得及从新文学创作实践中总结出一套文论规则之时,西方各种文论就早已抢滩登陆,牢牢控制了中国文坛。中国现当代文论这一新生儿尚未睁开眼睛认清谁是母亲之际,便被洋妈妈的乳头堵住了嘴,从此她只好靠吮吸西方文论的乳汁而成长起来:现实主义、浪漫主义、唯美主义,以及亚里士多德、柏拉图、克罗齐、尼采……西方文论话语,从一开始就成为现当代文论表述的基本规则。中国现当代文论从她诞生的那天开始,便注定了其先天不足的失语症。(1996-2,第53页)

显然,中国现当代文论的失语症,其病根在于文化大破坏,在于对传统文化的彻底否定,在于与传统文化的巨大断裂,在于长期而持久的文化偏激心态和民族文化的虚无主义。因为一个民族文化话语系统,不可能从虚空中诞生,隔断了传统,必然导致失语,这就是我们的结论。(1996-2,第53页)

对于西方文论思想系统性、逻辑性的极尽崇拜和对本土文化身份的不认同,致使一切只能被西方思想的标杆测量。而原生态的、独立生长的中国文论变得毫无价值可估。我认为,话语失落的根本原因还要回到论述的第一点——对"异质性"的忽略。(2009-3,第8页)

笔者讲的"失语",实际上指的是失去了中国文化与文论的学术规则。或许有人会问,这一"学术规则"到底是指什么?对这个问题,笔者在多篇论文中曾简略谈过,但似乎仍有许多人搞不明白,所以,很有必要再进一步说说什么是话语"规则",即我们失的是什么"语"。

[……]这个规则是什么呢?在老子的"道可道,非常道"(《老子·第一章》)一语中,已经蕴含了中国的学术规则,《周易·系辞》的"立象尽意",《庄子》的"得鱼忘筌""得兔忘蹄""得意忘言"(《庄子·外物》)则进一步确立了一套中国的学术规则与话语生成及话语言说方式,并逐渐形成了强调言外之意、象外之象、韵外之旨的话语方式。[……]而中国文化的这个学术规则、中国文论的这套学术话语,在笔者看来,并不会随着"风骨""文气""妙悟""神韵"等范畴在现当代的消失而消失,它仍然有着生命与活力,是完全可以进行现代转换,并进而发扬光大的。在当代文学艺术中,这套话语仍然可用,例如用"虚实相生"来指导当代文学创作,指导绘画艺术、影视艺术甚至广告设计;用"意境"理论来指导诗歌创作、环境艺术设计,为什么不可以呢?很可惜,由于多年来的崇洋贬中,在西学日炽、中学日衰的当代,我们却将中国文论的话语规则放在一边,天天操着洋腔来大讲李白的"浪漫主义"、杜甫的"现实主义"、白居易诗歌的"典型形象",让中国的学术规则

几乎失落殆尽。(2006-1-1，第14页)

　　"学术规则是指在特定文化传统、社会历史和民族文化心理下所形成的思辨、阐述和表达等方面的基本法则，它直接作用于理论的运思方式和意义生成，并集中鲜明地体现在哲学、美学、文学理论等话语规则和言说方式上。"① 学术规则在历史生成过程中，由于源于不同的文化体系，本质上也就是文化规则，所以具有强烈的异质性。中国现代学术规则采用的是西方的逻辑话语形式，而置中国传统的学术规则于不顾，实际上是对中国传统异质性存在的消解。那么，要真正达成西方文论的中国化，我们就必须养成充分重视中国传统学术规则的学理意识。中国传统学术规则是中国文化绵延不衰的内在保证，因为这套完整的规则使中国古代的学术话语系统富有独立的学术品格和文化品格。但是，在现代转型时，我们失掉了这套规则，走入了他者的学术规则中。因此，要解决"失语症"重建中国文论话语，在面对西方文论的学术规则时，清晰地整理出中国传统学术规则是至关重要的工作。[……] 要实现"西方文论中国化"，必须将西方文论融入中国传统的学术规则，

---

　　① 曹顺庆、谭佳：《重建中国文论的又一有效途径：西方文论的中国化》，《外国文学研究》2004年第5期。

在对话中进行异质互补，从而使中西文论达到有效融通。西方文论中国化正是建基于此，才能够对重建中国文论话语有所作为。(2009-6，第82—83页)

　　作为第三世界国家，中国文化尤其是文论也没有幸免于西方文化的侵袭。自"五四"以来的近百年历程中，我们更多地注重于对外来文明的借鉴，而且有时借鉴甚至变成了借用，变成了放弃主体意识的胡乱引进和盲目照搬，忽视了对中华文明自身个性的承续和开拓。文明的深层差异与对事物的言说方式密切相关，甚至深深根植于语言的语法结构中。许多当代学者已经看到，"五四"以来对白话的选择和使用，不只是语言形式问题，白话实际上是一种启蒙性的语言，其中包容着来自西方的全新的启蒙精神；现代文学是以翻译体白话为基点成长起来的，现代学术话语更积极主动地采纳了西方的逻辑语势，而弃绝了我国古代的话语言说理路。总之，我们未能照顾民族文化特征的西化式现代化历程，最终导致了文化建构思路和学术言说方式的全面西化。(2003-3，第6页)

　　我们认为，西方科学主义式的文学理论话语的特点，是依据从人类精神活动的整体到部分的逻辑划分，在规定了美学领域的基础上，以分析性逻辑论证来增进现代诗学的知识增长：

"在严密的逻辑划分的背景之下,由分析性论证所展开的诸知识点的转换、变异和创新均有谱系背景的有效逻辑支撑和可以大致确认的意义边界,并显示出明晰的推进轨迹。"① 科学主义文论呈现出此种特点,是由"科学"自身的特征决定的。科学的特征在于通过可验证的手段积累知识,采取概念、术语、范畴等判断性的理性话语来展开系统性、精确性的知识论述。科学主义的文学理论也就具有层级性、规范性和可验证性的特征。(2011-4,第6页)

应当指出:究其根本,"科学"也仅仅是发源于欧洲的一种"地方性知识",其盛行与欧洲文化的发展际遇分不开。如果以一种"地方性知识"为标准去衡量另一种"地方性知识"的价值高下,本身就是荒谬的。时至今日,我们应当对"唯科学主义"在当代中国的霸权地位保持相应的警惕,展开认真的反思,以使本土文化的价值得到真正的彰显。(2011-4,第6页)

与中医的例子类似,中国古代文论也呈现出与西方文论相当不同的"异质性"特征。它从知识谱系与知识展开方式等

---

① 曹顺庆、吴兴明:《中国传统诗学"异质性"概说》,《三峡大学学报》2001年第2期。

方面，都显示出是一种完全不同于西式的理论话语形态，它是以体验式、品味式审美为主展开的丰富的意义系统。正如有学者指出："我们的传统喜欢使用形象化的词语，对事物整体作概括性的把握，而很少进行逻辑上的具体分析和推理。例如用'清新''俊逸''雄放''沉郁'等形容词或者用'芙蓉出水''错采缕金''翡翠兰苕''碧海掣鲸'之类比喻语来评论作家的风格，用'采采流水，蓬蓬远春''落花无言，人淡如菊'这样的生动画面来摹写不同的艺术境界，用'横云断岭''曲径通幽''剥茧抽丝''草蛇灰线'这类成语来说明写作的方法和技巧，而不再加以更多的解释。即使是一些专门性的文学术语，如'风骨''滋味''气象''神韵'之类，也大多是从日常生活的用语引申、移用到文艺评论上来的，所以常带有某种程度的具象性和朦胧性。"① 这种具象性和朦胧性难以言表，它多有直观、经验的一面，诉诸书写者和接受者的生命体验来传达微妙之处。或许，它缺少了西方科学所高扬的清晰，但是对文学艺术的深刻洞见却更近于只可意会不可言传的精妙之义。因此，中国古代文论或许缺乏所谓"科学"的一面，却绝不缺乏深刻精义。（2011－4，第6页）

---

① 陈伯海：《民族文化与古代文论》，《文学评论》1984年第3期。

尽管"科学"对于反传统、促进现代化而言曾经起到解放的作用,科学的方式也曾经为中国的文学研究取得独立性与合法性起到推波助澜的作用,但同时,从"五四"时期开始的学者过分崇拜西方、崇拜科学,以致面对传统的文学资源不够谨慎,迫不及待以实证的、逻辑的、概念式的话语方式去对古代文论加以新发明和分类,以便符合西方的话语标准。实践证明,这种做法不仅深深遮蔽了古代文论的本来面目,而且造成古代文论在当代中国的"失语"。(2011-4,第7页)

在"体系"这个问题上,学界出现了分歧,有人认为中国古代文论有体系,有人认为没有体系,但无论是有体系论者还是无体系论者,其出发点都是西方的体系观念。例如:有学者认为,中国古代文学理论思想多散见于诗文评点、文章序言和书信谈论中,中国古代文论中没有产生一部真正成体系的文学理论著作;有的学者则认为,《文心雕龙》就是一部"体大而虑周"的巨著;还有人认为,司空图的《二十四诗品》也具有一个体系结构;更有人发表观点说,虽然在中国古代文论中很难找到像西方那样明显的体系,但是"潜在的体系"[①] 是有的。学界所持观点各异,但是仍然没有脱离围绕"体系"

[①] 刘绍瑾:《自然:中国古代一个潜在文学理论体系》,《文艺研究》2001年第2期。

一词来考证古代文论的框框。所谓"体系"本来就是西方舶来语,"体系"这个概念,不仅仅是作为一个术语而存在的,它的背后有一个深厚的思想文化根基作为支撑。西方思想充分体现出原则化、逻辑化强的特点。用西方逻辑、思辨的体系来规划中国古代智慧,无论体系的有无、潜在与明显,"都不是在依照中国传统的话语方式和意义生成范式来探索问题"(2009-3,第6页)[①]。

我为什么不完全倡导"中国古代文论的现代转化"?所谓"现代转化"就是用"科学"的东西来转换"非科学的东西",因为有些人已经把中国文论定义为"非科学"了,它就成为一个负面的东西;而唯一正确的、衡量真理的标准就是"科学与否?"科学就通过,不科学就拿掉。就是在如此的"唯科学"的标准下,中国文论才被判死刑,中医才会被判死刑,中国文化才会被判死刑。直到今天,我们通过实际情况才发现条条大路通罗马,不同的文明有不同的道路,当你把另外一条道路封杀了的时候,其实你也就扼杀了人类的另外一条生命线。(2014-Z,第27页)

---

① 曹顺庆、王超:《论中国古代文论的中国化道路——对"中国文学批评"学科史的反思》,《中州学刊》2008年第2期。

重建中国文论话语

【本组摘录以"重建中国文论话语"为题,收录了作者对"话语重建的方向和方法"的规划,对"话语重建与中国古代文论的关系""话语重建与西方文论的关系"等内容的思考。】

从目前中国文艺理论界的情况来看,要想重建中国文论话语,关键的一步在于如何接上传统文化的血脉。做好了这一步,其他两步(结合当代文学实践、融汇外国文论)就比较好办了。而如何接上传统文化血脉,却是非常棘手、非常困难的工作。(1996-2,第53页)

重建中国文论话语,殊非易事,也不是一朝一夕之功。但首先必须认识到"文论失语症"这一文化病态,才可能引起疗救的主义,也才可能真正认识重建中国文论话语这一跨世纪

的重大命题，并着手寻求重建文论话语的具体路径，以及通过具体的实践来证实其方法的可操作性。(1996-2，第57页)

（重建中国文论话语）我的初步想法和具体做法是：首先是从话语角度对中国传统文论进行发掘整理，这包括三个层次的工作：（1）对话语核心概念、范畴的清理；（2）对文化架构的清理；（3）对话语表述方式、言说特征的清理。其次是在与西方文论话语对话中使之凸显、复苏与更新。这包括中西不同话语面对同一基本问题的共同言说，中西话语表述方式的互照，中西范畴的互释，中西文论话语的互译等。再次是将初步复苏的中国文论话语放到古代文学中和现当代文学中，甚至在外国文学中测试其话语的有效性及其可操作性，在实践操作中对传统话语进行改造与更新。最后，在"杂语共生态"中、在广取博收之中，逐步建立起既立足于本民族深厚文化根基，又适合于当代文学实践的中国文论新话语。(1996-1-1，第22页)

要想重建中国文论话语，则必须首先清理中国古代文化与文论话语系统，寻求中国文化与文论赖以形成、发展的基本生成机制和学术规则，从意义的生成方式、话语解读方式和话语言说方式等方面清理出中国文化与文论的基本规则，然后才可能进一步清理古代文论范畴群及其文化架构、文化运作机制和

文化与文论发展规律。(1997-2-1,第101页)

新话语系统的建立不可能完全照搬20世纪以前的中国传统学术话语,当然也更不能照搬西方话语系统,它必须是具有中国文化精神特质而又吸收全人类文化成就的新型话语系统。(2001-Z-2,第1页)

重建当代中国文论话语,必须有一个最基本的文化基础。这个文化基础,不可能是由西方传入的文化,而必须是中国本土的文化,尤其是中国传统文化。(2001-Z-2,第13页)

怎样来着手重建中国文论话语?我个人认为,大致有这样几方面的工作要做:其一是在立足当代现实的基础上,清理并正确认识中国传统文论话语,认识中国文论所独具的话语模式与特色,并从中发现其生命力和理论价值之所在。其二是将中国文论话语适用与古今中外一切文学,考验其适应性:不但结合当代文学实践,而且进一步扩大,用中国文论话语阐释西方文学艺术作品,尝试其共同性、普遍适用性。[……]其三是在恢复中国论话语、激活其生命力的同时,促进中国文论话语与西方文论话语相互对话,在对话和交流中互释、互补,最终达到融会、共存与世界文论新的建构,这是我们基本的,也是

最终的目的。(2001-Z-2,第14页)

重建中国文论话语,首先应当明确认识到的是:不同文化话语,有着不同的规则;因此,不同的话语之间,常常难以相互理解,这是话语规则不同使然。(2001-Z-2,第18页)

由于中国现当代学者用西方文论(包括俄苏文论)话语来阐释中国文论时,碰到了诸如"风骨"(类似的还有"文气""神韵"等等)这类术语的严重障碍,阐释中出现了巨大的困难,于是乎有人便将导致"群言淆乱"之责归罪与中国古代文论本身,指责中国古代文论概念模糊,定义不明。甚至将这作为否定中国古代文论的一条"钢鞭"。这是极不公平的。(2001-Z-2,第22页)

所谓重建中国文论话语体系,并不是简单地回到新文化运动以前的传统话语体系中去,也不是在西方现有理论上作些中国特色化,搞类似于"存在主义的马克思主义""马克思主义精神分析学",或"无边现实主义""新现实主义"那样的拼合或修补,而是要立足于中国人当代的现实生存样态,潜沉于中国五千年生生不息的文化内蕴,复兴中华民族精神,在坚实的民族文化地基上,吸纳古今中外人类文明的成果，融会中西，自铸伟辞，从而建立起真正能够成为当代中国人生存状态和文学艺术现象的学术表达并能对其产生影响的、能有效运作的文学理论话语体系。为了实现这一设想，对传统话语的发掘整理，并使之进行现代化转型的工作，将成为重建过程中至关重要的一环。我们现在所采取的具体途径和方法是：首先进行传统话语的发掘整理，使中国传统话语的言说方式和文化精神得以彰明；然后使之在当代的对话运用中实现其现代化的转型，最后在广取博收中实现话语的重建。(2001-Z-2，第26页)

我们认为，中国文学理论之所以创造乏力，并不在于中国人不敢创造或不能创造，而正在于它中断了传统，被人从本土文化精神的土壤中连根拔起；而传统中断的内在学理原因，则在于传统的学术话语没有能够随着时代生活的发展变化而及时得到创造性的转换，因而在新的时代条件下失去了精神创生能力，活的话语蜕变为死的古董，传统精神的承传和创新也就失去了必要的手段。这就是我们所说的当今文论的严重"失语症"，也是我们提出"重建中国文论话语"的现实依据。(2001-Z-2，第388页)

艺术的创造和理论的建构都是一个永无止境的过程，正如我们充满智慧的祖先不能代替我们现代人生活一样，任何伟大的理论体系和话语系统也不能代替后人的理论建构，一劳永逸地完成创造工作。我们说中国当代文论患了"失语症"，但并不会因此而否认我们的古人曾经满怀玑珠；我们要思考的是，为什么一个有着"江山代有才人出"（赵翼：《论诗五首·其二》）的伟大文明古国，面对着当今各种主义此起彼伏的世界文论，竟然不能发出自己的声音？（2001-Z-2，第390—391页）

　　话语之为话语的本质，不仅在于其语词的外壳，更在于其有一定的意义背景和价值基础。离开了这个背景和基础，话语就死了，传统就变成与人的生命和艺术无关的故纸堆。所谓"真悲无声而哀，真怒未发而威，真亲未笑而和"，这种现象正好印证了话语内在精神的重要性。只有得到了这种精神，我们才能发扬传统而自创格局，变"跟着古人说"为"接着古人说"。理解了这一点，才能理解为什么传统不是僵死的文本，而是活生生的、流淌不息的生活；才能理解传统研究为什么不是线装书中发黄的疑难，而是人的存在的当下的追问。因此，"返回语言之家"的过程并不是一个表面的语言整理过程，而是知识论与价值论相统一的话语复活过程，是不断穿透传统诗学话语的表面而得其蕴含于内的活的精神的过程。（2001-Z-2，第396页）

我们主张返回精神家园，并不是要把历史上既成的某种价值信仰作为解决今天人文精神危机的手段，而是要使民族精神在"日日新，又日新"的不断生成过程中真正存在起来，真正成其为精神。任何既成的、固定的精神形态恰恰不是活的精神，而只是精神的垃圾。因此如果不能清楚地分清意义的生成和历史上既成的精神垃圾之间的区别，我们对传统的研究就有重蹈庄子所嘲笑的那种读死人糟粕的危险。（2001－Z－2，第398—399页）

在重建中国文论话语的工作中，我们给自己提出了一个明确的努力目标，就是"融汇中西，自铸伟辞"，希望通过对传统话语的清理、中西对话研究而激活中国固有的文论精神和话语能力，在"杂语共生"的局面中广取博收，逐步建立起既扎根于本民族深厚文化土壤，又适合于当代文学实践的中国文论新话语。（2001－Z－2，第399页）

既然话语只有在言说中才成其为真正的话语，那么中国文论话语的重建就绝不只是一个纯粹的理论建构、逻辑演绎。理论的建构只能提供一种话语的可能性，而现实的批评实践，才能使一种话语按照自己的方式活起来。所以，话语的运用，是

我们重建中国文论话语的一个必不可少的重要步骤。（2001－Z－2，第403页）

把传统的文论话语从故纸堆中解放出来，并运用到现实的文学批评之中，将是中国文论走向生活、走向世界的必由之路，是一个古老的文化传统发扬光大、不断创生的必由之路。（2001－Z－2，第412页）

曾经失落的中国传统文论话语，在今天为什么又开始受到当代文学理论界的高度重视？这种大规模的关于中国文论的现代转化、关于中国文论"失语症"和"重建"的学术讨论和学术论战，实际上是中国文学理论另外一个转折的开始。这个转折，从微观上看，是在"以西代中"的深刻教训和学术界长期反省的情况下产生的；从宏观上看，这与当今全球政治经济的发展和变迁密不可分。东方经济与政治的复兴，不可避免地会导致东方文化的复兴。也可以说，中华民族的伟大复兴，不仅仅是经济的、政治的复兴，也是民族文化的复兴。而中国文学理论的转折与建构，也必然与此同步。这不是哪一个人的一厢情愿，或者某一些人的一厢情愿，而是历史发展的规律使然。

如果说上一个世纪之交从"以西释中"到"以西代中"

的文学理论大转折是历史的必然，或者说是中国文论的宿命，那么，在新的世纪之交，对"以西代中"的反思与检讨，则预示着又一次历史的必然，中国文论必将实现另一次转折，即在融会中西文论的过程中，以我为主地重建中国文学理论话语。(2006-1-2，第249页)

重建中国文论话语是当前学界重点讨论的话题之一，学界对重建的必要性和可能性都展开了比较深入的探究。在诸多的研究中，怎样重建是一个更为重要的问题。"中国古代文论的现代转换"命题仍然存在重大缺陷，依然没有摆脱老路，无法引导我们真正走上重建的道路。在对该命题进行反思的基础上，重建应该走中国文论中国化的道路，具体可以从如下三个方面展开：第一，中国文论的当下直接有效性；第二，西方文论中国化；第三，让中国文论在当代成为主流话语。(2009-6，第77页)

重建中国文论话语关键是要自觉运用中国的文化规则、文论话语。理论的建构只能提供一种话语重建的可能性，而现实的有效运用才能使一种话语按照固有的方式活起来。因此，自觉运用文化规则、文论话语是重建文论话语的一个重要步骤。由于不正常的教育是"失语"的主要原因，重建话语在我们当今的文化教育尤其是大学人文教育中就显得非常重要。例如，古代文学的教学和研究应当并且完全可以运用"神韵""意境"等来写古代文学史，用"春秋笔法""义法"理论来论述古代散文，这是能够讲清楚的，我们为什么放弃自己的文化规则、文论范畴不用，却要用西式话语来写中国古代文学史。在当代的文学创作中，也应当自觉捡起中国的文论传统，诗歌创作上，追求韵律美、意境美是绝对可以的，也是符合民族审美习惯的，放着现成的民族创作理论不用，反而去追赶西方理论的潮头，导致新诗创作成功的少而失败的多，出现非诗化的状态。当代文学批评也完全可以运用中国古代文学理论，用李渔的戏剧理论来讲中国的戏剧创作，用意境理论来谈诗歌创作，用金圣叹的小说理论来评论当代小说创作，也是行得通的，很可能就是当代文学批评新的学术增长点，是学术创新所在，很可惜，当代文学批评很少运用古代的文学理论。（2007－6，第81—82页）

"中国古代文论的现代转换"是作为重建中国文论话语、解决中国文论"失语症"的重要路径被提出来的。既然"失语"的症结来自古今之维，解决路径就必然产生于此，"古代文论现代转换"就试图通过对古代文论与现代范式展开思考，探究中国古代文论在现当代的生存之方。我们也曾经一度赞成"转

换",并做了一些工作。但现在看来,"转换"问题还需要进一步思考,不能过于迷信"转换"。(2009-6,第78页)

在诸多的观点中,对"转换"提出异议的学者,是将古代文论与当代社会之间的差距绝对化,其结果只能是造成古代文论继续缺席。而积极进行"转换"工作的学者,也应该有所警惕。因为"古代文论现代转换"命题本身仍然存在令人疑惑之处,其问题的症结就在"转换"二字,既然需要转换,实际上就认定了古代文论不适合当代,不能直接搬来用。从"古为今用"到"中国古代文论的现代转换",对中国当代文论建设的探讨的基本思路其实是一贯的,所揭示的问题、提出解决问题的根本路径还是相似的。即中国古代文论为什么不适合当代呢?因为古代文论不科学——模糊;无体系——零碎散乱;不符合当代语境——已经死亡等,因而要用当代科学的、系统的理论来重新阐释古代文论,使其实现转换。而当代科学的、系统的理论从哪里来呢?显然,还是西方。通过以上的清理,我们认为,过分强调古代向现代转换,仍然几乎不可避免地流于用西方文论来指导中国文论。在西方文论话语蔓延的现代视野下,中国古代文论成为"三不"理论:不科学、不系统、不清晰。于是,古代文论不断迎合科学理性,追求科学化、体系化、知识化,最终形成"中国文学批评史"这一西化的现代学科。"中国文论研究中似乎存在着这样一种潜意识,那就是西方诗学思想有如此精密的体系性和科学性,中国文论中有没有呢?如果有,那么在这个层面上,中国文论就可以和西方诗学进行对话、沟通和融会;如果没有,那么中国文论面对西方诗学体系就是另类的、异端的、不能成为一种科学性的能够登大雅之堂的理论体系。"[1] 在这样的思维影响下,"学科史"成为"学科死":中国文论作为主流话语在当代文学创作和理论分析中已经死亡。其原因就在西方文论的话语霸权。为了更积极有效地解决问题,重建中国文论话语,中国文论的发展必须改弦更张,做出战略性、方向性调整,走中国文论中国化的道路。笔者认为,当前首要的任务在于必须明确地甚至旗帜鲜明地提出中国古代文论在当代的直接有效性问题。(2009-6,第79—80页)

"失语症"提出以后,许多学者开始致力于对中国古代文论话语的清理,努力进行古代文论的现代转换。这是一条重建中国文论话语的必经之路。可喜的是,经过这些年的努力,这方面已经取得了显著的成绩。但是,面对西方文论话语已经充

---

[1] 曹顺庆、王超:《论中国古代文论的中国化道路——对"中国文学批评"学科史的反思》,《中州学刊》2008年第2期。

斥着中国现当代文论的这种局面，要在一夜之间彻底抛开西方文论话语而重返中国古代文论话语已成为不可能。中国文论话语的重建无法仅仅靠接上中国古代文论来真正完成。还有一个必要的环节就是西方文论的中国化，这是我们继"古代文论的现代转化"之后所倡导的又一条重建中国文论话语的有效路径。（2005-5，第47页）

在很长一段时间里，我们怀着一种崇拜的激情全盘照搬西方文论，把它生硬牵强地套用在中国文学研究当中，而忘记了语言文化的差异，忘记了中西文论有着两套根本相异的话语，随之而来的后果就是严重的消化不良和"失语症"。到今天为止，包括中国在内的许多非西方国家仍然在疲于奔命地追赶西方层出不穷的一套套理论。这是一种悲哀，也是一种无奈。可是，就真的只能这样了吗？笔者以为，要改变这种局面，我们必须从"套用"转向"化用"，实现西方文论的中国化。（2005-5，第47—48页）

"化用"的实质是要使西方文论中国化，即坚持以我为主来消化吸收西方文论，进行深层次的话语规则融合，以形成一种新的学术话语规则，让中国文化之树长出文化新枝来。西方文论的中国化不同于鲁迅先生的"拿来主义"精神之处，在于西方文论的中国化首先强调以中国文论话语、中国学术规则为主，将西方文论化为中国的血肉。而骨骼必须是我们的，必须以中国学术规则来改造西方文论。是中国文论化西方，而不是西方文论化中国。这就是我们的新意之所在。王国维的《人间词话》就是用中国诗话词话之骨骼，化用西方文论之血肉，取得了成功。钱锺书先生的《管锥篇》《谈艺录》同样如此。马克思主义文论的中国化，已经在部分学者的学术实践中取得了一定成就。今天，我们倡导西方文论的中国化，绝不是"古为今用，洋为中用"的泛泛而谈的老一套，而是有可操作性的、切实可行的一条有效路径。以往的全盘照搬是一种"套用"，其实质是西方文论的普适化。如比较文学在中国兴盛之初由台湾学者提出来的单向的"阐发法"就带有西方文论的普适化之嫌。我们以往提出的"古为今用，洋为中用"，实行的结果却背离了初衷，"古为今用"变成了把古代文论当作西方文论的注脚，"洋为中用"变成了全盘西化。西方独霸导致西方文论"化中国"，而没有实现西方文论"中国化"，于是，在"化中国"的内外合力中，现代中国文化失掉了它的根基。我们现在提出西方文论"中国化"，就是力图改变这种局面。（2005-5，第48页）

西方文论中国化有一个前提问题：一国文论可不可以他国

化？从历史事实来看，文学与文论的他国化实际上是一个客观事实和普遍规律。如印度的佛教传入中国后，经过长时期的文化碰撞与融合，逐步以中国学术规则为骨架，实现了印度文化的中国化，逐渐形成了独具特色的中国的禅宗，并渗透到中国学术话语的深层机制当中。中国文论的意境、妙悟、神韵等范畴和概念都跟它有千丝万缕的联系，这是印度佛教文化中国化的事实。日本化用中国文论当中的"华实相生"观念，提出"花实相衬"，"花"从而成为日本文论的重要概念。这一点，尤其鲜明地体现在世阿弥的《风姿花传》之中。对于影响的来源国而言，这些化用而来的观念和范畴已经他国化了，他们成为文化交融中文论他国化的范例，成为地地道道的化用国的文化与文论产品。（2005－5，第48页）

重建中国文论绝不是不要西方文论，而是怎样要？我们强调中国古代文论话语的还原，并不是所谓的文化"复古主义"，而是在考察中国当代文论发展现状之后提出的研究策略。它致力于对中国当代文论基本问题的解决，同时更是对中国古代文论思想资源的合理阐释。在中国当代文论的现存思想资源中，西方文论仍然是不可忽视的存在。关于"中西之争"，已历上百年，各种药方都有人开过，但为何会走向"失语"？个中问题值得深刻反思。笔者认为，根本问题在于以西代中的整体切换路径。

所以,我们提出重建中国文论话语的另一途径——"西方文论中国化"。对于这一重建路径,我此前已经作过一些论述,在此主要重申其中的关键之处。西方文论中国化不是中西文论话语的简单拼凑,它是对文论"他国化"规律的合理运用。文论的"他国化"规律在中国可以展现为"化中国"和"中国化"两种基本方式,"化中国"是将西方文论简单地"移植"到中国语境中,并成为"指导原则",这也是中国近现代以来多数学者的做法,最终造成了中国文论的"失语"。因此,我们现在要走的是"中国化"的道路。西方文论中国化是要让西方理论与中国文化结合,适应中国土壤,根本的要求是以中化西,真正达到"洋为中用"。(2009-6,第82页)

我们之所以一再强调对不同文明"异质性"的关注,其目的是建设一套能够与西方学者平等交流的话语,而以西方文论为中心的话语原则和传统比较文学研究方法的"成见",不能解决比较文学本身的危机,重建中国当代文论是时代的必然要求,而"中国文论的中国化"是重建的必行之路。或许有人会问:中国文论本来就是中国的,为什么还要中国化?怎样中国化?

强调"中国文论的中国化"是因为在现、当代文论发展史上中国文论出现了被迫的"他国化"扭曲，今天我们关于"诗学"的大部分谈论在基本知识质态和谱系背景上都是西学的，中国文论本然的话语原则为西方思维模式操纵，文论研究被西方牵着鼻子走。[……]中国文论并非不可取的"怪胎"，只是采用一种与西方逻辑思辨偏激的自圆其说不同的理解方式。在尊重异质性的前提下去观照古代思想独特的意义生成方式，扯掉西方思想理论时髦外衣的包裹，中国文论话语可成其一家之言。(2009-3，第8—9页)

"中国文论的中国化"就是要建立一套根植于中国本土的原生态的话语原则，改变现当代文论完全在西方文论思想操控下阐释文学作品的模式。因为中国传统文化与文论长期以来受中国特有的文化规则主导，所以，我们今天重建中国文论话语，就是要找回那些固有的具有民族性的意义生成和话语言说的文化规则。具体而言，"中国文论的中国化"要经历四个步骤：一是承认中西文论的异质性和独立性，摆脱"以西释中""以中注西"的单向偏重，不能盲目对中西文论和文化做主观价值判断，而是始终要从事实陈述的角度去看清一个多元共存、杂语共生的文论局面。二是以中国文论话语规则为本，回归到传统的文论语境之中，摆脱西方文论话语的外在影响和内在植入。三是打通古今的文论话语，展开"中国古代文论的现代转换"。四是在承认中西方文论异质性因素的前提下，进行跨文明对话，中西文论思想的交流、互补和超越，最终达到以我为主、"中西化合"的无垠之境。"中国文论的中国化"是以中国本土的母语意义生成与话语言说方式为其根本，与西方文明的交流、融合中创建自身的文论话语，促使不同文化起源的文明在保有异质性的前提下互释、互证、互补，跳出求同存异的樊篱，以总体文学"和而不同"的胸怀和眼光，建造不同文明"杂语共生"的世界文化系统。（2009－3，第9—10页）

笔者这里所说的重建中国文论话语，指的是立足于当代，并从纵横两个方向去寻找发展动力。所谓纵向，就是求传统，即对中国古代传统文论话语进行发掘整理，使之实现现代转化，这是重建中国文论话语的原动力；所谓横向，就是外求他国文论，在此主要指向西方文论学习，这是重建中国文论话语的助动力。因为西方文论作为"他者"，是我们重建中国文论的一个重要"参照系"；同时，西方文论中有许多有借鉴意义的文论话语，它可以激活、丰富、更新中国传统的文论话语。可见，学习西方文论，"洋为中用"，是重建中国文论话语不可或缺的一环。（2004－5－1，第105页）

对西方文论的学习和借鉴,不应是直接将其话语"移植"到中国来"切换"中国的文论话语,而应是将其话语中适合中国的"枝芽""嫁接"到中国传统文论话语这棵大树上,使它们结合在一起,成为一棵更富生机、更茂盛的大树。这种"嫁接法"的优点在于:以中国传统文论话语为本,有效地吸收西方文论话语,将其融入中华文化精神,成为我们自己的意义生成方式、话语解读方式和语言说话方式,实现其话语层面的"中国化"。"嫁接法"从根本上杜绝了"全盘西化"的可能性,它可以保存中国文论话语的完整性和持续发展,避免中华文化的"断裂"和中国文论的"失语"。(2004-5-1,第106页)

在继承自己传统文论话语的基础上,借鉴西方文学理论,创造出具有中国独立文化品格的文论话语,改变当今西方文论话语霸权状态,实现中西文论话语平等对话。(2004-4,第67页)

建立适合我们的文论新话语,我们需要注意以下两个方面。第一,要重视西方理论,谦虚地学习和借鉴西方话语保持生机的经验是中国文论在当代发出声音的一条路径。[……]中国文论要获得新生,同样需要保持理论的开放性,不断创造新概念、新范畴。当然，我们在引进及应用西方理论的时候，还要注意它的适用性、异质性及变异性。第二，要准确把握中国文论话语的基本特征。中国文论提取自中国文学又反过来指导中国文学，是中国文学的元语言。它有自己独特的话语体系，是各种话语斗争、融合的结晶。总体而言，中国文论话语的基本特征有二，即以"无"为核心的意义生成和话语言说方式，例如虚实相生、不著一字、尽得风流，以及儒家"春秋话语"的意义建构方式和话语模式。（2017-22，第96—97页）

如果在不熟悉中国文论话语的基本规则的前提下，盲目地用西方理论的手术刀对中国文论一刀切，那么中国文化与文学理论就会变得面目全非，无法发挥出它在当今文学创作和文学评论中的元语言作用。只有当我们掌握了中国文论话语的基本规则再去与西方文论对话的时候，才能真正拥有文化自信去与西方理论平等对话，进而在"求同存异"中取得"异质互补"。我们要善于提炼标识性概念，打造易于为国际社会所理解和接受的新概念、新范畴、新表述，引导国际学术界展开研究和讨论。对于中国人文社会科学而言，重建中国文论话语体系是顺应时代的潮流、符合时代需求的重大任务，路漫漫而修远，让我们共同努力。（2017-22，第97页）

中国古代文论范畴

【本组摘录以"中国古代文论范畴"为题,主要包括作者围绕这一论题,对"灵感""雄浑""风骨""雅""两汉文论"等古代文论范畴的论述。】

《文心雕龙》中有关灵感的论述,见于《神思》《养气》《总术》《物色》等篇中,而《神思》则是灵感之专论,是我们论述的重点。但历来人们多将《神思》视为专论文学构思或形象思维之篇,其实这种看法是不完全正确的。(1982-9,第126页)

刘勰关于灵感的论述,其可贵之处正在于他不但看到了文思泉涌,"时有通塞"之状,而且还指出了通塞之"枢机"与"关键"。他不像陆机那样只是"时抚空怀"而叹其"未识夫开塞之所由"(陆机:《文赋》),而是努力去探索神思开塞之规律。刘勰指出,虽然"思无定契",然而"理有恒存"(刘勰:《文心雕龙·总术》)。这个"理",就是可以掌握的规律性的东西。(1982-9,第131—132页)

刘勰认为,作家之功夫,首先在于"积学"与"酌理"。"积学"即积累学识,"酌理"即明辨事理。[……]有了学识,还须具备写作之方法与技巧,还必须"秉心养术""含章司契"(刘勰:《文心雕龙·神思》)。[……]有了广博的学识与精湛的写作技巧,还必须能融会贯通,做到"博而能一"(刘勰:《文心雕龙·神思》),"乘一总万,举要治繁"(刘勰:《文心雕龙·总术》)。[……]要灵感来,还必须"研阅以穷照"。(1982-9,第128页)

刘勰反对那种"衣带渐宽终不悔,为伊消得人憔悴"(柳永:《蝶恋花·伫倚危楼风细细》)式的苦思苦想。但刘勰亦并不主张作家消极地、懒汉式地"躺在青草地上"等待灵感的到来,因为这样是不可能得到灵感的。刘勰认为,作家除了加强生活与学习修养以外,还应当遵循灵感思维的规律,用正确的方法去求得灵感的到来,这就是他的"虚静"说。(1982-9,第134页)

刘勰是认识到了灵感思维的确有着它的特殊规律的，它不是召之即来、挥之即去的东西。从这个意义上来说，灵感的确是不为人的意志所左右的。但刘勰又不同意那种因此就完全放弃人的主观能动性的做法。刘勰认为，只要方法得当，通过主观的努力，是可以经常保持灵感的。这种保持灵感之秘方，就是他的"养气"说。（1982－9，第136页）

刘勰虽然指出了天才对灵感思维的影响与作用，但是他却不像西方的那些理论家们那样，把天才看成是灵感的唯一源泉，或把灵感等同于天才。而是在指出天才对灵感影响的同时，更强调后天的勤奋。（1982－9，第141页）

刘勰《文心雕龙》中的灵感论还是比较全面、系统而深刻的，并且有许多精彩的独到见解。刘勰不但指出了灵感产生的客观因素——生活修养与学习修养，而且看到了灵感产生的主观因素——虚静、率志委和与秉才异分，还认识到了艺术灵感之特征——激情之勃发及其与形象思维之融合。（1982－9，第141页）

孟子说："充实之谓美"（《孟子·尽心下》）。紧接着孟子又说："充实而有光辉之谓大"（《孟子·尽心下》）。显然，孟子认为"美"与"大"并不属于同一范畴,"美"仅仅是充实,而"大"则不仅要充实,而且还要有光辉。美与大,既有联系,又相区别。这个"大",实际上就是一种辉煌灿烂、刚健雄浑的美,就是 Chinese Sublime,或者说是中国古代雄浑范畴的第一个重要概念。(1996-Z-3,第251页)

中国的雄浑范畴,从来都是与阴柔美形影不离的,认识到这一点,才能真正认识到中国古典美学中刚柔并济的民族特色。(1996-Z-3,第255页)

《周易》《论语》《孟子》都谈到了"大"这一范畴,并认为"大"具有崇高庄严、博大刚健的特征,具有阳刚之美、雄浑之美。可以说"大"是中国的"sublime",是"雄浑"这一古典美学范畴的一种具体说法。这种"大",是基于仁义道德而产生的,是天的阳刚美的体现,是仁义充实于中的光彩,是个体道德人格的高扬,是儒家"自强不息"、德比天地的人生理想境界。这种"大",是一种正面的崇高美,它光明正大,而决无狰狞邪恶;它大气磅礴,而决无恐惧凶恶。它如斗霜傲雪的青松,似巍峨壮观的泰山,浩然正气,刚强劲健,德比天地,巍然"大"哉!儒家所提出的这种"大",为"雄浑"这一美学范畴投下了伦理道德这块巨大的基石。它既是支撑中国古典美学的牢固基础，同时又给中国古典美学乃至文学文学艺术染上了浓郁的伦理道德色彩。(1996 - Z - 3，第262—263页)

老子所说的"大"，不但是永恒的、无限的，而且是浑成的。它是"全"的，而不是零碎的；是整一的，而不是杂乱的；是一般的，而不是个别的。这是中国"雄浑"这一范畴中"浑"字的重要内涵。所谓"大音""大象"，正是这浑成整一的境界。(1996 - Z - 3，第266页)

庄子所推崇的"大"，除了形体的无限、时间的永恒等"雄"的特征外，还有另一大重要特征，即物我为一、主体与客体的交融的"浑"。庄子的雄浑观念，是由无限大的"雄"与物我为一的"浑"这两个方面构成的。(1996 - Z - 3，第275页)

我们认为屈原作品的雄浑美，主要体现在两个方面，其一是高洁伟大的人格，其二是辉煌华丽的文采，这两个方面构成了屈原作品的巨大力量。(1996 - Z - 3，第282页)

必须指出的是，中国古代美学范畴中，无论是"文气"还是"风骨"，都与这"慷慨任气"的建安诗作雄浑特征密切

相关。(1996-Z-3,第288页)

显然,刘勰对建安诗作"慷慨任气,磊落使才"(刘勰:《文心雕龙·明诗》)品格的称道,对汉赋"气号凌云"、风力遒劲的推崇,尤其是《风骨》篇对《典论·论文》论"文气"的大段引证,都充分说明"风骨"是对汉魏文学作品雄浑观念的理论总结,是中国古代雄浑观念的一个成熟的果实。[……]这种力量的美,是自先秦以来雄浑观念的总结和升华,是古代雄浑(sublime)范畴之中一粒熠熠生辉的结晶!(1996-Z-3,第289—290页)

司空图所推崇的雄浑,其内涵是十分丰富的:它"超以象外"(司空图:《二十四诗品·雄浑》),呈现了无限的大,它"真力弥满"(司空图:《二十四诗品·豪放》),蕴含着巨大的力量和气势,它悲慨豪放,"吞吐大荒"(司空图:《二十四诗品·豪放》),它"物状奇变"(司空图:《题柳柳州集后》),体现了雄奇光怪之雄浑美。难怪前人认为"《雄浑》具全体"(蒋斗南:《诗品目录》),因为它包含着巨大的内涵,总括了自先秦以来中国古代雄浑观念的基本内容。(1996-Z-3,第301页)

龚自珍对雄浑美的推崇,蕴含着一种巨大的历史责任感和命运感,它既确定了中国近代雄浑观念的主旋律,也超越了文艺美学领域,使雄浑观念成为唤起民族精神崇高感的一个力量泉源。(1996 - Z - 3,第306页)

"雄浑"这一美学范畴的第一个重要构成要素在于"大"。这个"大",首先是形体的巨大雄伟。[……]中国雄浑观念所追求的"大",更多的是追求一种无限性,一种超越时空的永恒无限的大。(1996 - Z - 3,第310—313页)

力量和气势,是"雄浑"这一美学范畴的又一重要构成因素。(1996 - Z,第318页)

"雄浑"这一美学范畴的力量气势这一构成因素,若细加辨析,又可分为刚之美、力之美和气之美。[……]"刚"着重在坚硬刚强,"力"着重在运动与力量,"气"则着重在充满生机的活力与气魄。(1996 - Z - 3,第319—324页)

"雄浑"范畴的第三个重要构成因素,是庄严肃穆之感与由崇高人格而来的浩然正气。(1996 - Z - 3,第325页)

"雄浑"范畴的第四个重要构成因素,是属于艺术形式方

面的，即文采结构上的辉煌壮丽，形象描写上的奇谲怪诞。（1996 - Z - 3，第 334 页）

"风骨"不是"文辞""文意"，也不是"内容""形式"，既不是"风格""结构"，更不是"气韵""风味"。"风骨"是中国古典美学的一个重要范畴，是类似于西方美学中 sublime 的雄浑的范畴。风骨的基本特质是力量的美，其具体内涵是"深情"，"盛气"和"耀采"，由"怊怅"之情，"骏爽"之气，精炼而"藻耀"的辞采，合成一种感人的强大气势和力量。（1996 - Z - 3，第 290 页）

为什么刘勰要将"风"与"骨"分开来论述？正因为"骨"与"风"之美不完全一样，"风"更偏重于气势力量之美，"骨"更偏重于刚劲坚强之美。（1996 - Z - 3，第 320 页）

光辉灿烂之文采，实际上是风骨不可缺少的一大要素。[……] 理想的目标，应当是将刚劲的力量气势与鲜丽辉煌的熠熠文采完美结合起来，这才是刘勰所倡导的"风骨"。[……] 只有将"风""骨""采"三者同时加以考虑，才可能真正认识到刘勰风骨论的意旨所在。（1996 - Z - 3，第 336 页）

中国古代文论并没有"内容—形式",如"文质论""情采论",但《文心雕龙·风骨》却决非论"形式—内容"之篇,"风骨"是中国文论所独具的极有民族特色的文论话语,非西方文论话语所能切割,如不顾及中西文论话语之不同,硬要用"内容—形式"来切割"风骨",必然产生上述群言淆乱、漏洞百出的悲剧性结果。(1996-2,第55页)

作为中国美学雅俗论中的一个重要范畴,"雅"体现着一种活泼泼的生命力,涉及艺术生命精神的核心问题,只有遵循"雅者正也"(《毛诗序》)传统审美规范,从而才能使诗文创作跃动着永不衰竭的活力,从而取得诗文创作的成功;凡是背弃和违背"雅者正也"传统审美规范,诗文创作就会衰颓,就会丧失其所应该具有的充沛活力,而陷入泥沼,庸俗下流、粗俗低级、萎靡颓废的东西就会泛滥。(2005-Z-2,第21页)

从"雅者正也"(《毛诗序》)审美意识出发,中国美学一方面主张隆雅重雅、崇雅尊雅、以雅为美、褒雅贬俗、尚雅卑俗,把"雅正"之境作为最高审美追求;另一方面则主张以俗为雅、以俗归雅、以俗为美、化俗为雅、借俗写雅、沿俗归雅、雅俗并陈、雅俗相通、雅俗互映、雅不避俗、俗不伤雅，同时还提出了不少有关"雅"境的审美范畴，以展现"雅"境多样的审美内涵与审美特征，其中最为主要的有"高雅""文雅""典雅""淡雅""和雅""清雅""古雅""醇雅"等。（2005-Z-2，第24页）

就其所包容的具体的审美意蕴来看，作为一对相反相成的范畴，"雅"与"俗"均涉及人生与艺术等两个层面，人们不但喜欢用这对范畴品评文艺创作主体人品、作品品格、欣赏者品味的层次高下，而且经常运用这对范畴来评介人生境界与人格修养的高低，因此，要较为深刻地认识这对范畴，就必须从文艺美学与人生美学这两个层面切入。就文艺美学来看，"雅"与"俗"的区别还涉及艺术表达与文体方面的内容，由此而扩展到人生与艺术以及思想文化层面。对"雅"与"俗"审美观念，历来看法不同，一直争论至今，从而形成隆雅卑俗、雅俗并举、化俗为雅和以俗为雅、雅俗共赏等雅俗之辨、雅俗之争的历史。（2005-Z-2，第154页）

政治、经济、军事上的专制，必然导致思想文化上的专制，这种专制，集中体现在由董仲舒提出、汉武帝采用的"罢黜百家，独尊儒术"的方针上。这一方针，有三个基本特征：第一是专制。一切思想学说，文学艺术都必须以儒家思想为标准，为其专制政治服务，不得越雷池一步。第二是迷信。它将儒家学说与迷信说法结合起来，炮制了一套"天人感应"、"君权神授"的神学目的论。东汉谶纬蜂起，就是这种神学目的论的必然结果。第三是保守。它提倡"天不变，道亦不变"（董仲舒：《举贤良对策》）的形而上学思想，主张尊古卑今，"奉天而法古"（董仲舒：《春秋繁露》）。这种"独尊儒术"的文化专制，对两汉文论产生了决定性的影响。（1988－Z－1，第4页）

只要我们细心观察一下，就会发现两汉文学艺术，存在着一个奇怪的现象：一方面是极力强调文艺为政治教化服务，充满了儒家现实主义精神；另一方面却"苟驰夸饰"，虚幻荒诞，充满了神灵仙怪、飘风云霓的浪漫主义气氛。这种现象既是矛盾的，又是统一的，这种既矛盾又统一的整体，才是两汉文学艺术的全貌。（1988－Z－1，第10页）

中西诗学范畴比较

【本组摘录以"中西诗学范畴比较"为题,收录的论题包括"道与逻各斯""发和说与 Katharsis""意境与典型""文采与和谐""大音、大象与美本身""物感与模仿""文道与理念""神思与想象""妙悟与迷狂""文气与风格""风骨与崇高""滋味与美感""移情、距离与出入""雄浑与崇高""中西文学品格""中西和谐论""柏拉图与老庄的消解性"等。】

第一,"逻各斯"与"道",都是"永恒"的,是"常"(恒久)的。赫拉克利特所说的逻各斯之"永恒"与老子道的"常"是可以通约的,二者确有异曲同工之妙。他们都认识到,在这千变万化的宇宙中,有一个永恒的、恒常之物,这就是"道"和"逻各斯"。[……]第二,"道"与"逻各斯"都有"说话""言谈""道说"之意。[……]第三,"逻各斯"与

"道"都与规律或理性相关。(1997-6-2,第52—53页)

"道"与"逻各斯"的不同之处,大致可以分为"有与无""可言者与不可言""分析与体悟"这样三个方面。而这三个方面恰恰是与上述三个相同或相似方面相对应的,这种"二律背反"现象确是意味深长的。(1997-6-2,第54页)

"道"与"逻各斯"都是"永恒"的,"恒常"的,同时又都是万物之本原,是产生一切的东西,是万物之"母"。不过,就在这相似之中蕴含着极为不同之处,那就是老子的"道"更倾向于"无",而赫拉克利特的"逻各斯"更倾向于"有"。也正是这一基本倾向,从起点上确定了中西方文化与文论的话语的基本方向和路径。(1997-6-2,第54页)

老子的重"无",将中国文论引向了重神遗形,而赫拉克利特的偏"有"将西方文论引向了注重对现实事物的模仿,注重外在的比例、对称美、注重外在形式美的文论路径。(1997-6-2,第56页)

"道"与"逻各斯",正是从"可言说"与"不可言说"的两难境地之中,各自选择了一条路,各奔前程,从而形成了两套截然不同的文化与文论话语言说系统。这种话语言说系统，一经铸就，便成为规范文化的强大力量，具有不以某人的个人意志为转移的强大的约束力。（1997-6-2，第59页）

"Katharsis"与"发和说"，都是为探讨文艺怎样陶冶人们的情感而提出来的，这可算他们的第一个共同点。众所周知，文艺不是靠抽象的说教去说服人，而是以情动人、以情化人。亚氏与孔子皆明白文艺的这种动情之功能。［……］然而，亚里士多德与孔子都认为，文艺使人动情并不是目的，相反，文艺的目的是诗人归于平静、和谐、适中。亚里士多德认为文艺能使人"安静下来"。（《政治学》第8卷）孔子认为："温柔敦厚，诗教也。"（《礼记·经解》）（1981-6，第72页）

孔子主张凡事"和为贵"，反对偏激，认为"过犹不及"（《论语·先进》）。孔子的"发和说"，正是鲜明地体现了这一点。亚里士多德也主张中庸之道。他说："美德乃是一种中庸之道。"①［……］亚里士多德的"Katharsis"也正是鲜明地体现了他的这种中庸之道。（1981-6，第72—73页）

---

① 北京大学哲学系外国哲学史教研室编译：《古希腊罗马哲学》，生活·读书·新知三联书店1957年版，第321页。

在怎样使人的情感达到和谐、平衡、适中这一点上，亚里士多德与孔子却得出了完全相反的见解。孔子认为人们不能任意地放纵自己的情感，而必须适可而止，必须恰当地节制自己的情感，使之乐而不淫、哀而不伤。［……］与孔子相反，亚里士多德认为文艺正是要激起人们强烈的情感，要使人们痛快淋漓地宣泄自己的情感，然后方能真正得到一种快感，真正安静下来，使自己的情感达到平和、适中。（1981-6，第74页）

虽然典型论与意境说都主张主观与客观的统一，意与境的交融，但它们是有所偏重的，典型论偏重于客观，意境说偏重于主观，典型论注重客观形象的再现，意境说注重主观情感的抒发，这是典型论与意境说最基本的一大特征与区别。（1988-Z-2，第42页）

形象性是文学艺术的基本特征之一，意境说与典型论，显然不可能脱离这一特征。不过虽然意境说典型论都要求描绘出具体鲜明生动的形象，但它们却有所偏重。意境的形象偏重于描绘境物，典型的形象偏重于描绘人物。这种差别，主要是由于中西不同的文学艺术实践所造成的。西方的叙事文学传统主要是模仿人物的行动，中国的抒情文学传统，主要是表现人物的情感。行动必须由人物形象来体现，而情感主要通过境物形象来抒发。另外，西方的叙事文学以悲剧和史诗为主，中国的抒情文学主要以短小诗章为主，这种不同的艺术类型，也是形成意境说与典型论这一差异的重要因素之一。（1988-Z-2，第46—47页）

既然典型论与意境说都是对于艺术美之奥秘——把深广的社会生活内容和具体生动鲜明的形象结合起来，集中提炼到最高度和谐统一的——探索之结晶，那么它们就具有这样的共同性，即要能以少总多，寓无限于有限。（1988-Z-2，第50页）

艺术典型令人难忘，而艺术意境则耐人咀嚼。（1988-Z-2，第52页）

典型概括生活的特征，即从具体、鲜明、生动、独特的个性中，反映出最大量的共性；从个别人物形象上，体现出广阔的社会生活的本质内容。简言之，即在某一人物形象上寓共性于个性，寓必然于偶然。在这种寓无限于有限的人物形象上，体现了人类与社会的某些共性与本质。[……]意境说终于形成了情景交融、虚实相生、形神兼备的独特审美特征，衡量一件作品有无意境以及意境的深与浅，用什么标准呢？那就是看该作品能否通过具体、鲜明、生动的境，传达出作者无穷无尽的情思，勾引起无数形象在读者的想象中诞生，体会出作者的真情实感，品味出事物的神采风韵……总之，看它在有限的形象中，包蕴了多少生活的内容。（1988 - Z - 2，第53—54页）

典型与意境都体现了真善美的统一。然而，这种统一是有差异有偏重的。一般来说，典型说偏重于真，意境说偏重于美，这又是它们的一个重要特征与区别。（1988 - Z - 2，第56页）

典型论有一套典型化的方法，即观察体验——分析综合——典型的诞生。意境说也基本上可以总结出这样一个公式：观察体验——酝酿蓄积——意境从感悟中诞生。（1988 - Z - 2，第62页）

"和谐说"认为，美在于和谐，文学艺术的本质在于形式杂多的统一，由杂多导致了形式的和谐、对称、比例、黄金分割、结构安排等等。［……］中国的"文采论"［……］认为文学艺术的本质特征在于形式的杂多统一，由杂多导致了"文采"，［……］西方的"和谐说"与中国的"文采论"皆是从文艺形式着眼，从文章辞采美的角度来认识文艺本质的。

(1988-Z-2,第66—67页)

由于中国是一个农业型的社会,安贫乐道之风,形成了先秦诸子提倡克制欲望,反对太艳丽的文采,提倡素淡、质朴、清新的文采之风;而农业型社会所形成的内向性心态和伦理道德的崇尚,又形成了中国"文采论"重内轻外,提倡"外枯中膏"和重道轻文的特征。与之相反,西方的商业社会对欲望的满足,对审美的渴求,对科学的重视,则形成了西方"和谐说"追求浓烈的色彩,追求外在的形式美和科学的比例、对称。因此形成了"和谐说"与"文采论"的三大差异:即浓与淡、内与外、道与艺。(1988-Z-2,第69—70页)

"大音""大象"与"美本身",都是无形无声、不可捉摸的。[……]柏拉图的这种"无色无形"的"美本身",就是美的本质,它不是纷纭杂沓,千姿百态的个别美的现象和事物,而是"一切美的事物有了它就成其为美德那个品质"。[……]这种无声无形的"大音""大象",就是美的本质,它不是个别美的现象和事物,而是音乐、形象的美的本体。这可以说是柏拉图的"美本身"与老子的"大音""大象"的第一个共同点。(1988-Z-2,第85—87页)

"美本身"与"大音""大象",皆是永恒的不可分割的混成的整体。(1988-Z-2,第87页)

为什么柏拉图与老子都如此迷恋那"视之不见,听之不闻"(《老子·第十四章》)的玄妙莫测的美的本质呢?也许这是因为他们都认识到了具体的、个别东西的美,都是相对的、有限的,而这种相对的美是不可靠的。(1988-Z-2,第88页)

柏拉图与老子,在美的本质与美的事物这一问题上,皆可谓独具慧眼,在中西美学史上,他们皆第一次将美与美的东西区别开来,第一次踏上了探索美的本质的漫长历程,翻开了关于美的本质之理论探讨的第一章。应当说,这是他们的不朽功绩。(1988-Z-2,第90页)

他们虽然看到了个别美的相对性、因而潜心去探索美的本质,但是他们皆将一般与个别割裂开来,将美的本质当作了个别美的源泉,这就将事物头足倒置了。可以说这是柏拉图与老子美学思想的又一共同点。(1988-Z-2,第90页)

正是由这种一般产生个别的美学思想出发,柏拉图与老子都钻进了否定现实美,否定文学艺术的牛角尖。既然真正的美是无形无声的，是虚无的浑一整体，那么，现实的有形有声的美，个别具体的美，当然也就不配称之为美了。(1988-Z-2，第92页)

柏拉图的作为理念的"美本身"，是与宗教结合在一起的，具有浓厚的神学意义，充满了天堂神灵虚幻缥缈的气质；而老子的作为"道"的"大音""大象"，并没有什么神学色彩，只有着形而上学的意义，并充满了现实世界归真返璞的大自然的纯朴气息。(1988-Z-2，第94页)

柏拉图从宗教神学的"美本身"出发，推崇神灵凭附的灵感迷狂说，推崇灵魂回忆的崇高美。［……］老子从其充满人间气息的自然之道出发，反复雕琢，反对华美，而推崇自然朴素的美。这里既没有神灵凭附的迷狂，也没有灵魂回忆的崇高，而只是一种自然恬淡的柔美。(1988-Z-2，第95—96页)

我们不难发现"模仿说"与"物感说"的第一个共同点——它们都是为探讨文学艺术的产生而提出来的，并且几乎是同时提出来的。(亚里士多德生于公元前384—前322年，《乐记》成书约在战国时代。)(1988-Z-2，第106页)

"模仿说"与"物感说"的第二个共同之处——它们都认为:"模仿"与"感物",不但取决于客观世界,而且还与主观自我密切相关,"模仿"与"感物",都离不开人的"天性"与"本能"。(1988 – Z – 2,第106页)

虽然"模仿说"与"物感说"皆看到了主客观两方面的因素,但它们是各有所偏重的。"模仿说"强调真实地再现客观外物,"物感说"却要求真实地表现内心情志。也就是说,"模仿说"讲"再现","物感说"讲"表现"。(1988 – Z – 2,第107页)

由于"物感说"主张"表现",而要"表现",则必然要抒情言志,所以抒情文学在中国极其发达。"抒情",是"物感说"的又一重要特征。由于"模仿说"主张"再现",而要"再现",则势必客观地描述现实,所以在西方叙事文学尤其兴盛,这亦是"模仿说"的一大特征。"物感说"重在抒情,"模仿说"重在叙事,这又是它们之间一个鲜明的不同之处。(1988 – Z – 2,第109页)

"物感说"虽然重表现,重抒情言志,但并没有使中国文学走上"惊心动魄"的浪漫主义道路,这是因为,"物感说"既强调抒发感情,又强调节制情感的结果。这种"中和"的美学思想对中国几千年的文学艺术产生了极大的影响,以致形成了中国既以抒情言志为其基本特征而浪漫主义文学又不很发达的独特传统。同样,"模仿说"虽然强调再现,强调叙事,但西方浪漫主义文学却十分兴盛,这是因为"模仿说"既强调要客观地"惟妙惟肖"地模仿事物,又主张作家创作要有激情,模仿之作要能感动人们,要使人们"惊心动魄"以达到宣泄(Katharsis)情感的目的。这种既要真切地模仿客观事物又要宣泄情感的美学理论,正是形成西方文学艺术传统的重要因素之一。(1988-Z-2,第118—119页)

到了现代,中西文学艺术与文艺理论,发生了一个有趣的"交换位置"现象,中国现代文学逐渐向"再现"靠拢,而西方现代文艺,却向着"表现"迈进。(1988-Z-2,第119页)

从主观与客观方面来看,虽然中国古代文艺与西方现代派文艺都偏重主观,强调自我表现,但是它们的这两种自我表现却具有本质区别。这个本质区别,就在于它们对于主客观之关系的认识上。中国古代文艺虽然强调主观,强调自我表现,但是,这个"主观",这个"自我"并不是无源之水、无本之木。作家的主观情感,不是凭空而来的,而是从客观现实中来的,使"感于外物"而萌生的。西方现代派文艺的表现说认为,客观是不真实的,真正的真实是作家主观的内心世界,文艺的真正源泉,在于作家的心灵深处,在于作家的自我,在于作家下意识的冲动。在现代派文艺家看来,世界不是客观存在着的,恰恰相反,世界是他们主观自我的产物。(1988 – Z – 2,第121—122页)

从理性与非理性方面来看,虽然中国古代文艺与西方现代派文艺都强调情感的抒发,但是在这一问题上它们亦有着本质的区别。中国古代文艺的抒情,主要是一种有理性有节制的抒情。而西方现代派文艺的抒情,则主要是一种非理性的本能情欲的发泄。当然偏重并不等于偏废,中国古代,也有一些非理性的文艺主张,而西方现代派文艺,也并非完全没有理性之言。我们这里,是就其主要倾向而言的。(1988 – Z – 2,第123页)

从美与丑这个角度来看,[……]中国古代艺术旨在追求一种美的意境,[……]西方现代派刻意追求丑的形象,追求一种"丑美"。(1988 – Z – 2,第125—126页)

中国古代文学艺术，是以道为核心的，反映在文艺理论上，就是中国文学批评史上的"文道论"。其实，西方文学艺术也有个类似"道"的东西，只不过叫法不同。西方文艺家们将它称为"理念"，这反映在文艺理论上，就是西方文论中赫赫有名的"理念论"。(1988 – Z – 2，第 131 页)

西方文论中的"理念论"与中国文论中的"文道论"，皆认为"理念"与"道"是"文"的本原，是文学艺术的泉源。这是它们最重要的一个相同之处。(1988 – Z – 2，第 137 页)

"文道论"与"理念论"内涵的第二个相似之处在于："道"与"理念"不仅是"文"的来源，而且是"文"的内容。(1988 – Z – 2，第 137 页)

在西方的"理念论"之上，笼罩着一圈神灵的光晕，相比较之下，中国的"文道论"则没有那么多神灵的气氛，而是充满人世间现实生活的气息。这是它们的第一个不同点。(1988 – Z – 2，第 139 页)

无论中国的"文道论"的"道"还是西方的"理念论"的"理念",都是哲学上的本体。但是,如果我们仔细品味一下,不难发现,西方文论的"理念论"更具哲理意味,而中国文论的"文道论"则更具伦理色彩。"理念论"总是紧紧扣住抽象的哲理来论述文艺理论。而"文道论"却总是与伦理道德混为一体,主张文艺要"经夫妇,成孝敬,厚人伦,美教化,移风俗"(《毛诗序》)。这是"文道论"与"理念论"第二个鲜明的不同特色。(1988-Z-2,第142页)

"文道论"紧紧扣住社会现实生活,强调文学的社会作用,主张文学干预社会生活,将中国文学引向了"文章合为时而著,歌诗合为事而作"(白居易:《与元九书》)的现实主义道路。中国古代的"文道论",可以说是中国现实主义文艺理论的核心,唐、宋强大的现实主义文学运动,便是力证。与此相反,西方的"理念论",总是将文艺导向神秘的"天国",追求那超越现实生活的抽象的"理念""迷狂""灵魂回忆""理想"与"崇高",这对西方的浪漫主义文学艺术产生了极大的影响。西方浪漫主义文学标榜"天才""情感""想象",追求"理想",其理论基础就是"理念论"。德国文学的"狂飙突进"运动,便是一个力证。因此,我们可以说,中国的"文道论"具有现实主义特色,而西方的"理念论"则具有浪

漫主义特色。这是它们的第三个不同之处。(1988－Z－2，第145页）

西方文艺"理念论"虽然提出得很早，但是它非但没有成为复古主义的旗帜，反而还成为浪漫主义等文学流派反对复古提倡创新的理论武器！［……］与西方文艺"理念论"相反，中国的"文道论"，一直是复古主义文艺的"光辉"旗帜，是复古主义文艺的坚实理论基础。(1988－Z－2，第151—152页）

西方与中国上古时期的哲人们已初步接触到了想象与神思，他们的论述都可称之为中西艺术思维的萌芽，这种萌芽是生长在不同的土地之上的，因而其色彩也大不相同。西方的亚里士多德崇思辨而贬想象；中国的庄子与《周易》，则崇虚静而尊物象，遂形成了西方诗学的那种思辨的抽象与中国诗学具象的抽象特征。(1988－Z－2，第159页）

可以说刘勰的神思论代表了中国艺术思维研究的最高水平。至此，中国古代的神思论已趋成熟，而此时西方的文艺理论则刚刚步入中世纪的冬眠蛰伏状态，想象之论更是无一闻焉。因此，也可以说刘勰的《神思》，代表了当时世界的最高

水平。(1988 – Z – 2,第 162 页)

想象是极其自由的,这就是它的第一个基本特征。第二,想象是紧紧扣住形象来进行的,脑海中如果没有鲜明生动、具体的形象,任何想象都是不可能的。[……]第三,这种寓于形象的神思与想象,是主观与客观互相作用而产生的,只有主观之意念,而没有客观之物象不可能产生想象;同样,只有客观之物象而没有主观之能动性,也不可能产生想象。[……]第四,神思与想象最重要的特征,还在于它那巨大的创造力。(1988 – Z – 2,第 165—168 页)

神思与想象虽有许多相似之处,但更有不同之处。[……]如果我们鸟瞰一下整个中国与西方的艺术想象论,就会发现,几乎所有的中国艺术想象论都不注重想象与幻想的区别,而绝大多数的西方艺术想象论都十分注重想象与幻想的区别;同样,中国艺术想象论十分注重打破时空,超越时空,而西方艺术想象论却不甚注重时空的打破与超越。这种现象,是意味深长的。(1988 – Z – 2,第 168—169 页)

神思与想象的动力是什么?刘勰与黑格尔似乎都意识到了:是情感![……]情感正是推动主观与客观,精神与物相摩相荡，从而使想象产生出巨大的创造力，给想象灌注了生命的元气。也就是说，情感是艺术想象之巨大动力。（1988－Z－2，第173页）

在神思与想象之中，似乎还存在着一种奇特的现象，它使神思更加神奇诡谲，使想象更加瑰丽多姿；它赋予神思和想象以更大的创造力！它就是艺术灵感。（1988－Z－2，第173页）

刘勰与黑格尔都共同认识到，灵感是不受人们意志所控制的，它不是招之即来、挥之即去的东西。[……]他们既不同意不顾灵感思维之规律，一味冥思苦想盲目地去追求灵感，又不赞成懒汉式地消极等待灵感的到来，而是主张自觉遵循灵感思维的规律，用正确的方法去求得灵感的到来。对此，黑格尔提出了主客观交融的"喜悦说"，刘勰则提出了排出主观的杂念的"虚静说"。"二说"一热一冷，似乎截然相反，但殊途同归，都是为了寻求那种激越昂奋、神旺精爽的状况，寻求文思之泉涌、灵感之闪现。（1988－Z－2，第176—177页）

神思与想象既然是人类的一种思维方式，是大脑的生理机能，因此他就必然与人们先天的禀赋密切相关。黑格尔与刘勰也都共同认识到了这一点。不过，他们的看法亦不完全一致。[……]黑格尔十分强调艺术想象是天才的独特本领，认为艺术想象绝对需要艺术家天生的才能。[……]他还承认，天才也需要后天的练习，但艺术想象最终还是取决于天才。[……]与黑格尔相似，刘勰也认识到了神思与天才的密切关系。[……]但刘勰之论与黑格尔也并不完全一致。黑格尔仅承认文思敏捷的人为天才；而刘勰却认为，文思缓慢之人，也能创作出杰出的作品，也具有天赋之才。[……]另外，刘勰虽然承认天才对神思的影响，但并不过分强调天才的决定作用，而是指出天才对神思影响的同时，更强调后天的勤奋。[……]这种看法，显然比黑格尔的天才论更加全面稳妥一些。(1988 – Z – 2，第 179—182 页)

"迷狂说"与"妙悟说"皆是关于灵感的论述。这一点，可以说是"二说"的第一个共同点。(1988 – Z – 2，第 185 页)

"迷狂说"与"妙悟说"的第二个共同点，是它们都将灵感的探讨与宗教迷信联系起来了。柏拉图认为，灵感有两个来源，其一是神灵凭附在诗人身上，使他处于迷狂状态，给予他灵感，暗中操纵着他的创作。[……]其二是不朽的灵魂从前生带来的回忆。[……]严羽等人，则完全以佛教之语言论

诗，以佛家之派别界诗。(1988-Z-2，第185页)

为什么此"二说"都将灵感的探讨与宗教迷信联系起来了呢？我认为其原因主要有这么几点：第一是因为灵感袭来之时，就会呈现出一种不受意志控制的不自觉状态。人们由于认识能力还达不到一定的水平，无法理解这种现象，因此只好作出种种神秘的解释，于是乎就转向神，转向了宗教迷信。[……]第二是因为宗教思维与灵感思维有着许多相似之处。(1988-Z-2，第186—187页)

从表面上看来，"迷狂说"与"妙悟说"都提倡文艺创作中的非理智性。[……]柏拉图的错误，在于完全否定了理智的作用，这是应当批判的。但是，我们却不能因此就将他的"迷狂说"全盘否定。也许其中也包含着片面的真理。至于严羽的"妙悟说"，在这一问题上似乎要比"迷狂说"稍微全面一些，辩证一些。那些对严羽"不涉理路"（严羽：《沧浪诗话·诗辩》）一语的指责，并不完全公正。严羽虽然说诗歌创作要"不涉理路"，但他并非主张完全不要理智。(1988-Z-2，第189—191页)

"迷狂"是一种激动而热烈的灵感状态。"妙悟"则相反，

它是一种自然而冷静的灵感状态。(1988－Z－2，第191页)

"迷狂说"要激动而热烈，"妙悟说"要自然而平静，此二说皆是论灵感，却得出了截然相反的结论。原因何在呢？这个问题很复杂。也许是因为中西传统文化的差异——中国人讲节制情感、崇尚理性；西方人讲宣泄情感、推崇惊心动魄的浪漫效果。或许是宗教的差异——西方宗教多讲虔诚的狂热，而佛教多讲禅定虚静。除了以上原因，笔者认为还有一大重要因素，那就是灵感思维本身就存在着热情激动与自然平静的两种状态。(1988－Z－2，第193页)

"迷狂说"认为灵感是神赐的，而"妙悟说"却认为灵感来自平时的积累，这是它们之间又一个截然不同之处。(1988－Z－2，第194页)

一般说来，西方之灵感论多强调主观，强调神灵，强调天才与下意识之勃发，且多偏激之论；而中国古代之灵感论，则多强调客观，强调生活，强调学识之积累与有意识之追求，且多辩证之观点。(1988－Z－2，第195页)

"文气"与"风格"的第一个不同之处在于，"风格"是一个内涵与外延比较确定的专门术语，而"文气"却是一个包罗万象的囫囵概念，它内涵既不确定，外延也漫无边际。这一点，充分体现出中西诗学术语概念的一个重大区别与特色。（1988-Z-2，第205页）

尽管中国的文气说与西方的风格论都强调"文如其人"（苏轼：《答张文潜书》），"风格就是人本身"（布封：《论风格》），但在这相同之中还蕴含着另一个截然不同之处：中国文气说尤重人品，西方风格论则专注于形式特征。（1988-Z-2，第206—207页）

中西风格论的这一差异，还得远溯到中西风格论的起源。从史实来看，西方风格论起源于修辞学。［……］中国的风格论——"文气说"，主要产生于对人物品格的推崇和品评。（1988-Z-2，第208—209页）

为什么中国古代风格论偏重内在的人格，而西方古代风格论则偏重于外在的语言形式呢？这恐怕与中西诗学的基本特征有关。西方诗学注意外在的模仿叙事，而中国诗学注重内在的表现抒情。注重表现抒情，就必然注重主观的人格、情感与气质。［……］重视模仿叙事，势必特别注意如何形容摹写，如何

注意时间地点、空间位置的关系，注意词性的准确。（1988 - Z - 2，第210—211页）

中国古代艺术风格论除"气"这一术语外，还有另一个重要的术语——"体"。[……]在中国古代风格论中，"体"与"气"既有联系，又有区别。"气"主要指作家内在的性格气质，[……]而"体"的着眼点主要在于文学作品的风格特征。[……]"气"是从作家的角度来看的，而"体"则是从文学作品的角度来看的。如果将这种"气"与"体"与西方之风格论相比较一下，我们就会发现，"气"近似于西方所说的"主观的风格"，而"体"则近似西方所说的"客观风格"。（1988 - Z - 2，第212—213页）

中国古代风格论——"体"，是探讨各类文章不同体裁之风格特征的一个术语。[……]与中国相似，西方艺术风格论认为，"客观风格"之中的重要方面之一，便是各种文学类型的风格特征。[……]无论中国的陆机、刘勰与西方的黑格尔、威克纳格在文体风格论上如何表述，但其基本内涵都是一致的，他们都认识到了各类文体（各文学种类）皆有着各自的风格特征。（1988 - Z - 2，第214—217页）

西方风格论所谓"客观风格",除了从文学种类上划分外,还可以从时间与空间上来划分。从时间上来划分,可以得出各个历史阶段所形成的时代风格与流派风格;从空间上来划分,则可得出地域的、民族的或流派的风格。中国的风格论"体",也同样如此。(1988-Z-2,第217页)

除了将风格区分为"主观的风格"与"客观的风格"以外,西方对风格还有着另一些分类法,例如,有的从语言修辞,表述方法来区分。[……]中国古代艺术分类有两大特点,一是注重内在品格,二是注重审美鉴赏。其基本出发点与西方不同。(1988-Z-2,第222—223页)

中国与西方的艺术风格论还有一个重要的不同特征,即西方更多的是强调风格的主客观统一,而中国则更多的是强调风格的多样化统一。(1988-Z-2,第224页)

郎吉弩斯所说的那种文学作品本身所具有的内在的崇高,与刘勰《文心雕龙》中所说的"风骨",无论在本质上还是具体论述上,都有相似乃至相同之处。(1988-Z-2,第228页)

崇高与风骨有一个最根本的共同之处——"力",这是它们二者之基本特征。(1988-Z-2,第228页)

"崇高"是"巨大的威力""迷人的魅力",力量是"崇高"之本质。同样,力量也是"风骨"之本质。这一点在《文心雕龙·风骨篇》里亦体现得十分鲜明。刘勰指出,"风骨"之特质就在于"遒""劲""健",在于"力"。(1988-Z-2,第228页)

我们可以说,"风骨"与"崇高"同属于一种以力为其基本特质的阳刚之美,同属于一个审美范畴。(1988-Z-2,第229页)

朗吉弩斯认为:在这全部五种崇高的条件之中,最重要的是第一种的一种高尚的心胸。崇高就是"伟大心灵的回声"(朗吉弩斯:《论崇高》)。[……]刘勰亦认为"志气"乃"风骨"之首要因素。[……]刘勰认为,作家必须具备高尚之心胸与周密之思虑,然后发之于文,才有光辉。(1988-Z-2,第230页)

朗吉弩斯认为,文章应当具有动人的情感,它应当使听众

所产生的效果不是说服而是"狂喜"。[……]同样，刘勰之"风骨"亦十分强调情感的作用。(1988-Z-2，第231页)

辞藻与修辞的运用是很重要的。这正是崇高不可缺少的重要因素。但是，郎吉弩斯认为，这种辞藻与修辞的运用，是有条件的，即藻饰与修辞必须服从思想内容。[……]同样，刘勰亦认为："铺辞""结言""析辞""捶字"等修辞之方法，皆与风骨有着密切的关系。(1988-Z-2，第232页)

在藻饰问题上，郎吉弩斯与刘勰的观点稍有不同。郎吉弩斯把文采看成是崇高的一个组成因素（或来源）。他认为作品必须具备恰当的华丽文采，方能有巨大的威力与迷人的魅力，方可谓之"崇高"。而刘勰虽然认为藻饰与风骨有着密切的联系，但认为文采并不是风骨的一个组成因素（或来源）。他将风骨与文采分为二物，将它们并列起来。也就是说风骨文采并不是从属关系（或因果关系），而是并列关系。(1988-Z-2，第233页)

郎吉弩斯认为：文章要靠布局才能达到高度的雄伟，正如人体要靠四肢五官的配合才能显得美。[……]关于结构和布局，刘勰在《文心雕龙·风骨篇》里亦有论述。刘勰认为：

布局剪裁，"缀虑裁篇"，必须首先"树骨"。这个骨，就是全篇之基本结构与纲络。（1988－Z－2，第234页）

朗吉弩斯认为，要达到崇高，还必须向古人学习。［……］刘勰在《风骨篇》里亦强调向古代经典学习的重要性。（1988－Z－2，第234—235页）

针对这种浮夸好奇、淫靡柔弱、缺乏真情、毫无生命力的不良文风，朗吉弩斯与刘勰不约而同地提出了一种补偏救弊的阳刚之美——"风骨"与"崇高"。［……］"风骨"与"崇高"，二者虽然术语不同，而其精神实质是一致的。朗吉弩斯与刘勰皆可称为文学史上力挽狂澜之功臣。（1988－Z－2，第237—238页）

"滋味"与"美感"都是对艺术魅力本质的一种效应。这种效应，一方面是文艺作品本身的效力，即作品本身具有的滋味与美，另一方面是鉴赏者对文艺作品的一种心理反应。"美感"与"滋味"都是文艺审美中主客体辩证运动的产物。这一点，也许就是中西鉴赏论中的共同的艺术规律吧。（1988－Z－2，第242—243页）

无论是"美感论"还是"滋味说",其鉴赏规律是一致的,都必须首先经过直觉的阶段。(1988-Z-2,第245页)

文学作品的巨大力量,就在于它以情动人、以情感人、以情化人。"诗是强烈情感的自然流露。"(华兹华斯:《〈抒情歌谣集〉第二版·序言》)故能"动天地,感鬼神"(《毛诗序》)。情感,是艺术审美鉴赏的核心。"滋味说"与"美感论"也都认识到了这一点。(1988-Z-2,第246页)

"滋味说"与西方的"美感论"一样,都十分注重审美鉴赏中的情感因素;有情感才有美感,同样,有情感才有滋味,才能使味之者无极,闻之者动心,才能在审美鉴赏中,获得美感享受,品尝出无穷无尽的滋味。(1988-Z-2,第248页)

审美鉴赏必须有想象的参与,才能充分获得审美享受,才能真正品出其中的滋味。没有想象,就没有真正的艺术感受。中国与西方的诗学家们也都认识到了这一点。(1988-Z-2,第248页)

艺术审美鉴赏除了直觉、情感、想象等因素外,还有理解。感觉到了的东西,我们不能立刻理解它,只有理解了的东西才更深刻地感觉到它。理解是"美感"产生和深化的基础，也是"滋味"产生和深化的基础。在这一点上，"滋味说"与"美感论"也是相通的。(1988 – Z – 2，第251—252页)

西方的"美感论"，只承认视觉与听觉能获得美感，而极力否认味觉能引起美感；而中国恰恰相反，"滋味说"正是将味觉与美感密切地联系在一起的。几乎凡美必言味，言味必喻美。(1988 – Z – 2，第256页)

所谓"入乎其内"，就是要与花鸟共忧乐，与山水之性情气象"默契神会"，与外物合而为一；所谓"出乎其外"，就是要超然于利害之外，要"步步不可忘我是游山人"（叶燮：《原诗》）。这种"入乎其内"，与西方的所谓"移情说"有其相通之处。而这种"出乎其外"，又与西方的所谓"距离说"有近似之处。(1988 – Z – 2，第259页)

"移情说"是要"入乎其内"，将自我"移入""宇宙人生"之内，以万物之性情为我之性情，从而达到"物我为一"的最高境界；而"距离说"则要"出乎其外"，将自我"超脱"于"宇宙人生"之外，冷静而客观地观察事务，达到自我与客观事物保持一定"心理距离"之审美境界。然而"移情说"只讲"入"而不讲"出","距离说"又只讲"出"而忘掉了"入",二者都抓住了真理之一面,忘掉了另一面。[……]相比之下,中国古代审美鉴赏与文艺创作中的"出入说",就要全面一些,辩证一些,它不但强调了"入乎其中",也强调了"出乎其外"。因为唯有能"入",才能有真情实感,才能进入审美鉴审与文艺创作中物我同一的入神境界;唯有能"出",才能跳出万物之限制,在审美静观中真正领略万物之美,在凝神静气中一挥而就。(1988-Z-2,第42页)

从整体上来看,西方的崇高范畴强调崇高感中的痛感,认为崇高来自一种由生命的自我保存的本能而萌生的一种消极的情感,它产生于人们面对危险而实际并无危险时的恐惧和害怕心理之中,是生命力受阻滞又更加强烈地喷发。简言之,崇高是由痛感而产生的快感。与之相反,中国雄浑范畴体现了一种积极向上的豪迈之感,它强调一种仁以为己任,超越死亡恐惧的献身精神,由"集义"而养成至大至刚的浩然正气,从而升华为一种雄浑劲健之美。简言之,雄浑是一种豪迈与浩然正气的美感。(1996-Z-3,第353—354页)

无论是西方还是中国的美学理论,都明确地认识到了壮美与优美的区别,或者说是优美与崇高的区别,阳刚之美与阴柔之美的区别，雄浑与冲淡的区别。仅就这一点而言，中西方是相同的，这体现了人类社会文化发展的一致性，同时也反映了美学规律的客观性。不过，在其相似的现象之中，却蕴含着若干完全不同的特征。[……]从中西方对壮美与优美认识的发展历程来看，可以发现，西方更强调壮美与优美的区别，优美与崇高的对立；而中国则更强调壮美与优美的统一，阳刚与阴柔的和谐。（1996－Z－3，第360—361页）

在壮美与优美这一问题上，中西方还存在着另一重大差别，即西方文学艺术及美学理论更倾向于壮美，更看重崇高，认为崇高是美的极致，是美的最高程度。与西方相比较而言，中国文学艺术及美学理论，似乎更倾向于平淡自然之柔美，谈得更多的是温柔敦厚、乐而不淫、含蓄蕴藉，似乎这种柔美风格才是正宗。[……]在"温柔敦厚"的鞭策羁縻下，在冲淡空灵的艺术氛围之中，中国的"雄浑"范畴，注定了这先天不足的弱症，注定了占主导地位的必然是温柔敦厚、平和中正、冲淡空灵的柔美。（1996－Z－3，第365—371页）

无论西方美学家如何解释主体与客体之相互关系，在崇高感这一问题上，始终坚持的一个基本点就是主体与客体的对立。崇高就是主体与客体尖锐的对立之中燃烧的熊熊火焰，就是主体与客体猛烈对抗之中爆发出的雷霆万钧之力量！与西方完全相反，中国的雄浑范畴，强调的绝不是主体与客体的分裂与对抗，而是主体与客体的和谐统一，是主体化入客体大自然的伟大与豪迈。(1996-Z-3，第375页)

尽管中西方都有痛苦出诗人之说，痛苦产生雄浑崇高之论，但我们仍然不难感到，中西方对痛苦的态度是不一样的。西方人对文学艺术中的痛苦有着特殊的热爱，他们认为，激烈的痛苦，令人惊心动魄的痛感，正是艺术魅力之所在，也正是崇高的真正来源。中国则与西方不完全一样，尽管中国也有"发愤著书"之说，"穷而后工"之论，"发狂大叫"之言，但这些并非正统理论。平和中正，"乐而不淫，哀而不伤"（《论语·八佾》）之论，才是正统的理论，什么激烈的痛苦，惊心动魄，忿愤激讦，这些都是过分的东西，都是"伤""淫"之属。(1996-Z-3，第389页)

应当从这种比较中，认识到中西方这一美学范畴的不同特征，承认它们各自的特色，而不是以此律彼、扬此抑彼，或用西方的标准来硬套中国的范畴，认为中国没有达到西方崇高的境界；或认为中国什么东西皆古已有之，硬要将毫不相干的东西说成与西方理论一模一样。(1996-Z-3，第395页)

同是相对的，异是绝对的。在认识中国雄浑范畴时，我们从同的方面来确立中国的雄浑范畴，从要素辨析中深化这一范畴；同时从异的方面来认识中国雄浑范畴所独具的特征，在鲜明对比之中突出了雄浑范畴的民族特色。（1996－Z－3，第396页）

中国诗学更偏重于情绪的平淡，追求意境的空灵、淡远，色彩修饰的简易质朴，情节结构的平易、舒缓；而西方则更偏重于情绪的激烈狂热，提倡神赐的"迷狂"与下意识的发泄，色彩修辞的浓烈堂皇、铺张扬厉，情节结构的奇特迷离。这些不同的色彩，都展示了中西文艺与诗学的不同民族特色。当然中国诗学也并非一味求平淡，而是以淡求浓，以质朴求得意味隽永的意趣情思。（1986—1，第49页）

中国的"和谐"论与西方的"和谐"论有着一些根本的不同之处。这些不同之处，大约可以概括为这样三点：首先，古希腊哲人更关注自然界的和谐，中国贤人则更注重社会人际关系的和谐。［……］其次，古希腊哲人所说的"和谐"，更倾向于外在的比例、对称等形式的"和谐"，中国贤人更注重人的内在情性的和谐，强调文学艺术的"发和"作用，陶冶"中和"情性的功用。［……］最后，古希腊哲人的"和谐"

论更具有自然科学的色彩,而中国贤人的"和谐"论则更具有伦理道德色彩。(1998 - Z,第360—364页)

虽然同样是对文艺的消解,但柏拉图与老、庄的走向却恰恰相反:柏拉图消解文艺,为的是维护天国的神灵,引导人们仰望那光辉的彼岸世界;老庄消解文艺,为的是维护人的本真性,引导我们在物我同化的此岸世界中诗艺地栖居。二者一个向往天国,一个栖居大地;一个走向彼岸,一个逍遥于此岸;一个崇拜"天国"神灵,一个在"人间世"中物我两忘,真是"根干丽土而同性,臭味晞阳而异品",柏拉图与老、庄对文学艺术的消解性解读,最典型地体现了中西文化与文论"分道扬镳"的状况。(1998 - Z,第522—523页)

柏拉图消解个别的、具体的、相对的事物,是为了肯定一般的、永恒的、绝对的理念。[……]我们知道,庄子发明了一种识道和悟道之妙法——"忘",即通过忘知、忘我、忘物而达到与大道合一的境界。柏拉图却恰恰相反,他给人们指出的路径不是"忘记",而是"回忆",通过灵魂"回忆"而认识和到达绝对的理念。庄子与柏拉图这种相反的认识路径,充分体现了中西文化"分道扬镳"现象和此岸性与彼岸性的相反特征。(1998 - Z,第525—526页)

比较诗学与总体诗学

【本组摘录以"比较诗学与总体诗学"为题,收录了作者关于"东方文论""比较诗学""中西诗学对话"等内容的观点。】

东方文学理论,尤其是古代文论,无论在理论体系与基本范畴上,都具有不同于西方文论的民族特色与较高的理论价值。遗憾的是,东方文论的历史地位与理论价值却长期被西方学者所轻视和忽略,有时甚至是被东方学者所忽略!(1996-Z-1,第1页)

西方学者与中国学者不但应当注意到中国文学理论,而且应当注意包括中国、印度、阿拉伯、波斯、日本、朝鲜等东方各国的文学理论,并与西方文论相互参照比较、融会贯通,在此基础上来建构所谓一般的文学理论(或曰总体文学理论),

而不再是仅仅以西方文论,或仅仅以中西文论为基础去建构新的文论体系。(1996-Z-1,第2页)

就古代而言,西方文论并非一花独放,而仅仅是世界文论百家争鸣中的一家,或者说是世界文学理论这一辉煌交响曲的一个声部,它有时候高奏着主旋律,有时候则只能充当伴奏音型的角色。面对这一事实,任何头脑清醒的人——包括那些有意无意受"西方中心"观念影响的人——都会承认东方各民族文论的历史地位及其理论价值。唯其如此,才有可能心平气和地、客观地、公正地认识和评价世界各民族文论,并在此基础上去探讨"总体文学理论",或曰"一般文学理论"的基本规律。(1996-Z-1,第40页)

随着亚太经济的崛起,随着西方文化中心的解体,随着世界文化的转型,东方文化将日愈显现出基于深厚文化根基的旺盛生命力。在与西方文化对话之中,东方文化将扮演举足轻重的角色,世界文化的发展与更新,必将是东西方文化交流、对话与融合的结果。所以我认为,21世纪将是一个东西方文化对话、交融的世纪,是一个文化更新的世纪。(1996-Z-1,第941—942页)

强调东方文论,并非是要与西方文论争强赌胜,而是从文学理论发展的角度思考人类文学理论发展的规律，实事求是地、全面地总结人类各民族文学理论的成就，并在此基础上，重新建构总体文学理论，这是世界各民族文学和文论发展的基本的和必然的趋向。明智地认识到这一趋向，自觉地把握、顺应这一趋向，我们就能高瞻远瞩，从根本上认识人类文学理论发展的基本规律。(1997—2—2，第6页)

整个中世纪，欧洲处于文化衰落的黑暗之中，而亚洲文学及文论则繁荣兴旺，在印度，在阿拉伯、波斯，在中国，在日本、朝鲜产生了无数杰出的作家作品，推出了许许多多的文论专著，提出了若干有价值的文论概念，建构起了一个又一个独具特色的文论体系。这确是一个亚洲文学理论的黄金时代！(1997—6—1，第95页)

东方文论长期被西方忽略、歧视和贬低，甚至东方人自身对东方文论的核心范畴及其价值也不甚了解，更谈不上东方文论总体研究以及东西方文论的系统比较研究。长期以来，人们基本上以为"一切艺术均来自古希腊，古希腊本身是像智慧女神一样，从奥林匹亚的宙斯的头脑里突然产生的"[1]。国内

---

[1] C.W. 西拉姆：《神祇·坟墓·学者》，刘迺元译，生活·读书·新知三联书店1991年版，第338页。

学术界不少论述也在重复这种欧洲中心主义式的虚构话语，产生了一批"言必称希腊"的学者和"西方文明优越论"的信徒。当然，这完全是偏见，甚至是无知！历史告诉我们，人类智慧之花的蜜汁来自东方，甚至西方文明本身也有东方渊源。（2021—1，第1页）

东方古代文艺理论的内容异常丰富，且由于语种复杂，研究难度比西方文论更大。从另外一个角度看，因为以印度为主的南亚文化圈，以阿拉伯、波斯为主的西亚北非文化圈，以中国为主并包括日本、朝鲜、越南在内的东亚文化圈的历史存在，东方古代文艺理论的重要范畴、话语体系、思维路径等，与西方古代文艺理论存在类同性，同时也存在着很大的差异。这种差异在21世纪的外国文学或比较文学、比较诗学研究中，自然凸显出特别重要的研究价值。（2021—1，第9页）

中国与西方文论，虽然具有完全不同的民族特色，在不少概念上截然相反，但也有着不少相通之处。这种相异又相同的状况，恰恰说明了中西文论沟通的可能性和不可互相取代的独特价值：相同处愈多，亲和力愈强；相异处愈鲜明，互补的价值愈重大。中国古代文论的重大价值，正在于它不但提出了一些与西方文论相似的理论，而且还提出了不少西

方文论所没有的东西,而这些东西恰恰可以补充世界文论中的缺憾。(1988 - Z - 2,第269页)

我一贯认为,比较不是理由,只是研究手段。比较的最终目标,应当是探索相同或相异现象之中的深层意蕴,发现人类共同的"诗心",寻找各民族对世界文论的独特贡献,更重要的是从这种共同的"诗心"和"独特的贡献"中去发现文学艺术的本质特征和基本规律,以建立一种更新、更科学、更完善的文艺理论体系。(1988 - Z - 2,第270—271页)

无论世界各民族文论在基本概念和表述方法等方面有多大的差异,但它们都是对于文学艺术审美本质的共同探求,换句话说,世界文学理论虽然从不同的路径走过来,但它们的目标是一致的,其目的都是为了把握文学艺术的审美本质,探寻文艺的真正奥秘。这就是世界各民族文论具有共同文学规律的最坚实的基础。如果我们从文学艺术本质规律的探寻这一基本点去认识世界文论,那么所有的疑虑便会烟消云散。因为世界民族文论从不同的途径和角度,的确发展了某些共同的艺术本质规律。(1991—3,第96页)

如果将全世界的文学理论比作一条由各种源头逐渐汇成的

漫漫长河，可以说，它最早滥觞于三大源头，即中国先秦、古希腊和古印度。（1998 - Z，第 28 页）

整个 20 世纪文学理论，正是在西方文论几乎独领风骚的背景上展开的。然而，到了 20 世纪下半叶，随着西方殖民体系的瓦解及第三世界国家经济的腾飞，东方各国的文化与文论开始呈现生机，在反殖民文化、反西方中心论、反对文化霸权之中，正在或即将重新建构自己的文学理论体系。（1998 - Z，第 165 页）

尽管不同时代、不同文化的人，对文学的本质特征的把握具有千差万别的方式与角度，但他们的艺术追求是一致的。这就是中外文论能够对话、能够沟通的基础，也就是中外文论"可比性"的最坚实的基础。（1998 - Z，第 180 页）

回首即将逝去的 20 世纪，比较诗学（比较文论）一步步深入发展，显示着比较文学向理论层面的渗透取得成功，跨文化的中西比较诗学，在东西方文化剧烈碰撞之中日益显示出其沟通与整合的文化功能。展望即将到来的世纪，世界文化不但将由昔时的西方文化霸权或曰"西方中心"，走向东西方各民族文化多元并存的格局，而且很可能是一个在对话与交融中达到建构新体系、创造新文化的辉煌时期。因为人类文化史常常提示我们,世界文化的高峰,往往是在文化大交汇,尤其是异质文化大交汇之处产生的。不难预见,21世纪,中外文论比较(比较诗学)必将更加"大有作为"。尽管路漫漫其修远兮,但艰难之后必将是辉煌。(1998 - Z,第243—244页)

我认为,中西文化正是在意义的建构过程中,形成了不同的话语体系和言说方式,形成了一系列的术语范畴群,同时也形成了支撑整个话语体系的文化架构。从这个意义上我们才能充分理解先秦与古希腊在中西文化史和文论史上的重要地位,才能真正体会黑格尔所说的"家园感"。(1998 - Z,第339页)

对话与研究不同,研究的对象我们称作材料,它是冷静而客观的,而在对话里却没有客体的概念,对话双方都是以主体的姿态呈现。我们首先关注的是谁和谁对话?其次是他们如何展开辩论的?在整个过程中,我们如同观赏一场精彩的球赛。因而,对话的价值就在于主体性的张扬。如果说研究如同写剧本,那对话就把这场戏搬上了舞台。巴赫金说:"思考它们,就意味着和它们说话,否则的话,它们立即会以客体的一面转向我们。"① 我们一直在讲中西融合，仿佛这些思想是客体的资源可供我们驱使。然而，在对话的场景里面，它们不再是被动的客体，它们成为主体。它们是活跃的思想家，是游说的政治家，是激动的辩论家，总之它们有一个特色就是它们在不断的言说，言说它们的立场主张。思想的活力和生命在于传播。不论是西方的还是古代的文论，都只有从书本文字中站起来，寻找到知音，产生共鸣；寻找到对手，产生论辩，那才能成为鲜活的思想。中国古代文论与当代西方文论，在时间上跨越了传统与现在，在空间上联结了中国与西方，使得他们之间的对话成为中西文论对话中的重头戏。西方文论要在中国落地生根，必须在中国本土找到话语支撑；古代文论要实现现代化转换，必须要在当代找到言说语境。古代文论是中国传统的话语资源，西方文论是当代主要的言说语境，两者的对话和磨合对于我们重建中国文论至关重要。（2017—5，第119—120页）

当代西方文论和中国古代文论走到了一起，讨论些什么呢？如何开展交流、沟通与对话呢？刘勰在《文心雕龙·序

---

① 巴赫金：《陀思妥耶夫斯基诗学问题》，《巴赫金全集》第五卷，钱中文主编，河北教育出版社1998年版，第90页。

志》篇中讲:"若乃论文叙笔,则囿别区分,原始以表末,释名以章义,选文以定篇,敷理以举统。"《文心》从第六篇《明诗》开始,细论各类文体,基本是按照这个程式进行的。我们便依古人之例,略加变通,改造成中西文论对话的方法,或许可行。论述路径如下:

(一)原始以表末:西方文论在中国的译介和研究。原始以表末,对西方当代文论在中国的译介和研究情况做一个历时性的梳理。厘清西方文论传入中国的来龙去脉,了解现有研究状况,是构建对话语境的基础。

(二)释名以章义:同题共论中西观点。展开中西文论的画卷,对比强烈的色差使我们不得不首先找寻它们的共同点以寻求沟通的可能。不同话语共同话题、不同路径共同走向、不同规则共同规律都是可供切入的交汇点。在这些交汇点上,所谓"释名以章义",就是在对话的过程中敞开各自的阐释和立场,揭示各自的角度和观点,搭建对话沟通的话语平台。这种讨论不是一定要得出什么结果,而是聆听双方的声音,彰显双方的释义。

(三)探源以辨异:类似论述不同根源。中西文论对话的价值,一方面在于寻求文学的共同规律,另一方面还在于对各自异质性的确证。"所谓异质性,是指从根本质地上相异的东西。就中国与西方文论而言,它们代表着不同的文明,在基本文化机制、知识体系和文论话语上是从根子上就相异的（而西方各国文论则是同根的文明）。"① 所谓探源以辨异，就是不仅仅看到表面上的同，还要进一步深究其根源上的不同。这也是中西文论对话进行之后更深层次的要求。在引发对话、展开对话、活跃对话的愿望下，对话双方"求同存异"，尽量就某些共识交流意见，如钱锺书先生的《管锥编》，张隆溪的《道与逻各斯：东西方文学阐释学》都是这类著作。这样的对话能促进双方的交流，但真正牢固的友谊还应该建立在进一步理解的基础上。因此，更深层次的对话一定会涉及双方异质性的探讨，也是在对异质性根源进行梳理的过程中，双方能互以为质，在对比中更加深入地认识自己。（2017—5，第 121—123 页）

就中、印、欧（古希腊罗马）三方相比较而言，中国圣哲对欲望的态度是：在满足最起码的需求的前提下，尽量克制欲望，其目的着眼于社会安定，所谓"正心、修身、齐家、治国、平天下"这一套伦理观，充分说明了这一点。古希腊罗马的圣哲们对欲望的态度则较为宽容，既反对过分纵欲，也

---

① 曹顺庆：《中国文论的"异质性"笔谈——为什么要研究中国文论的异质性》，《文学评论》2006 年第 6 期。

反对过分禁欲，其目的主要着眼于个人康泰，不过，古希腊罗马与中国相比较，就显得对欲望放纵了一些。古罗马后期基督教兴起后，欧洲开始走向以宗教来世为目的的禁欲的极端，文艺复兴又从禁欲的极端"矫枉过正"，走向了提倡现世纵欲的另一端。在纵欲与禁欲的两极上摇摆，这是欧洲伦理观的一大特征。印度的伦理观则是将纵欲与禁欲这两个相反的东西奇妙地合在一起，以达到"解脱"的目的。这些都极大地影响了中、印、欧的文学理论。（1992—1—1，第77—78页）

同是"爱智慧"，古希腊、中国、印度各自走向了不同的道路。古希腊哲学走向了真正爱智慧，好寻根究底探寻规律的科学之路，以后的古罗马及近现代西方，正是从这条路上走过来的。其文学理论，也不可避免地闪烁着这种偏重条分缕析、探寻客观规律的科学主义色彩。即便是中世纪的神学文论，也仍然闪烁着比例与对称的科学主义观念，20世纪西方文论，更是浸透了这种科学主义精神。印度哲学则走向了以智慧求解脱的带有浓郁宗教色彩的道路，以后的佛教及印度教，正是从这种哲学土壤中培育起来，并且又进一步发展和强化了这种"以智慧觉迷妄，因解脱而求智慧"[①]的哲学思想。印度的文

---

① 汤用彤：《汤用彤全集》第三卷，河北人民出版社2000年版，第42页。

学理论也受此影响,既有偏于"求智慧"的条分缕析特征,更有梵我合一的神秘主义"韵""味"。整个印度文学理论,始终闪烁着这种特色,中国哲学则走上了为政治而哲学,为做官而求智慧的功利主义道路。(1992—1—2,第40页)

中西方都从相同的目的出发,而达到了相同的结果,即从巩固专制政治的目的出发,达到了思想文化专制的结果,即使得罗马帝国与汉帝国的文论,成为"神学的婢女"与"儒学的附庸":一家独霸取代了百家争鸣,迷信保守取代了大胆创新,遂使西方文化从此步入了黑沉沉的漫漫长夜,使中国文化长期拘囿在儒学的囹圄之中;使得罗马帝国与汉帝国的文学艺术与文艺理论无法与其繁荣的经济、强大的国力相匹配,这也许就是所谓"不平衡"的根本原因之一吧!不过,在这相同之中,又具有截然不同之处:中西方的民族特征与文化传统毕竟不一样,基督教与儒学亦不可同日而语:出世与入世之差,禁欲与节欲之别,哲理与伦理之异,内容与形式之分,等等,遂形成了中西方文论截然不同的民族色彩,形成了罗马帝国与汉帝国文论的独特韵味。(1992—16,第142页)

就一般的文学研究领域而言,几乎当今的任何文学研究,都无法避开东西方文化的交汇及中国与西方文学的碰撞、交流、影响、误读及比较等问题。

例如，中国的现当代文学，整个地是在西方文化与文学的强大影响背景之下成长起来的，如果不关心、不研究西方文化与文学对中国现当代文学的影响，不探索现代文学与西方文学的关系，就不可能真正研究好中国现当代文学；文艺学研究也同样如此，不清楚西方的影响，不清理从马克思文艺思想到俄苏文论对中国文论的影响，不研究从弗洛伊德、结构主义到西方后现代文论与中国文论的关系，就不可能真正搞好文艺学研究，而这样一些研究，如果仅凭个人的经验、印象与感觉去研究，不设法掌握一套较为系统的比较文学方法论，则势必事倍功半。至于古代文学、古代文论界，曾有人以为与比较毫无关系，殊不知中国现当代的"西式"话语已经几乎无人可以避开；当人们在津津乐道于《诗经》的"现实主义"特色，屈原的"浪漫主义"品格，或者是杜甫的"现实主义"与李白的"浪漫主义"以及《文心雕龙》"风骨"是"内容/形式"或是"风格"等论述之时，其实早已陷入不自觉的中西文学观念的碰撞和交汇之中。而研究外国文学者，因其本身就是在"汉语经验"中对异质文化与文学的研究，他们实质上从一开始就站在比较文学的立场上。（2002 - Z，第 2 页）

世界文学发展脉络

【本组摘录以"世界文学发展脉络"为题,主要包括作者围绕这一论题,对"文学纵向发展""文学横向发展""纵向发展与横向发展的关系""世界文学与翻译"等问题的论述。】

继承与创新的关系,在文学史纵向发展中成为一个历久弥新的问题,即"古今之争"——是学古、仿古,或是反叛、创新,一直是世界文学纵向发展的一个重大话题。在中外文学史上,"古今之争"几乎贯穿着文学纵向发展的每一个阶段。西方从古罗马开始,便十分强调模仿古人,贺拉斯在《论诗艺》中告诫人们"必须勤学希腊典范,日夜不辍"。朗吉弩斯《论崇高》的一个主要目的,就是要引导人们去向古典学习。之后,古今之争不断展开,到了17世纪则达到了一个高潮。法国文学家与文论家们在17世纪领导了古典主义运动,在18

世纪领导了启蒙运动,这两次运动都对西方文化及文论产生了决定性的影响。(2001-Z-1,第4页)

尽管人们都承认创新的重要意义,但为什么在中外文学发展史上,复古主义却总是绵绵不绝?"古今之争"几乎在任何时代都称为文学发展的一个重要问题?这是因为文学的纵向发展,是在既定文化"底子"上的发展,是在既有文化"模子"上的前进。今天的文学发展,必须站在前人的基础之上,无论你怎样创新,都摆不脱前人的规范,所以"望今制奇,参古定法"(刘勰:《文心雕龙·通变》),就必然成为文学史纵向发展的规律之一。从这个意义上来说,泰纳所总结出的文学发展的三要素,确有着其合理的理论内涵。(2001-Z-1,第6页)

关于文学与社会生活及时代的关系,马克思、恩格斯提出了马克思主义文学史观的基石:"作为观念形态的艺术作品,都是一定的社会生活在人类头脑中反映的产物。""在不同的所有制形式上,在生存的社会条件上,耸立着由各种不同情感、幻想、思想方式和世界观构成的整个上层建筑。"[1] 的确,

---

[1] 《马克思恩格斯选集》第一卷,人民出版社1972年版,第629页。

"文变染乎世情,兴废系乎时序"(刘勰:《文心雕龙·时序》),这个"世情""时序",还不仅仅是种族、环境和文化模子,而且它包括经济、政治及丰富的社会生活。(2001 - Z - 1,第6页)

文学的接受,也是影响文学纵向发展的一大因素。例如,就中国文学发展史而言,六朝时期,陶渊明的诗风并不被世人推许,最突出的例证是,《文心雕龙》居然只字不提陶渊明,而钟嵘《诗品》竟将陶渊明列为中品,在陆机等人之下。然而,时移世易,文学接受改变了陶渊明在文学史上的地位,在宋代以后,陶渊明淳厚质朴,外枯中膏,似淡而实美的诗风,得到了高度赞誉。这种不同时代的不同接受,亦成为文学纵向发展的一个重要标帜,成为文学纵向发展的一大动力。(2001 - Z - 1,第6页)

中国古人总结出的与文学接受密切相关的理论是"诗无达诂"(董仲舒:《春秋繁露·精华》)。应当说"诗无达诂"实际上为中国文学与文学不同时代的阐释与接受提供了一个合理的理论框架。中国文化虽以"依经立义"为主干,但不同时代对经书的不同阐释与接受,便形成了不同时代的不同思想流派与不同文学面貌。"诗无达诂"虽然给汉儒曲解经书提供了堂而皇之的借口，但"诗无达诂"却为文学艺术的阐释打开了一条通向文学无穷生命力的门径。如果以当今西方阐释学与接受美学来比较和阐发"诗无达诂"的文学理论内蕴，或许可以发现其中蕴含着的文学史接受、阐释与发展规律。(2001-Z-1，第6—7页)

西方审美形式主义专注于文学作品本身，将文学史看作是与一般社会历史分离的自足自闭的历史，强调对审美形式，或曰文学性的内在研究。姚斯认为以上诸种文学史研究方法都有其局限性，其要害在于割裂了文学与历史、割裂了历史方法与美学方法的内在联系，从而无法揭示文学史实本身。为此，姚斯撰写了《文学史向文学理论挑战》一文，系统阐述了自己的文学史观点，他认为，文学作品不是一个恒定不变的课题，不是固定不变的文本，而是向后人的理解无限开放的意义显现过程，是向未来的理解和阐释无限开放的效果史。一部文学史，是一种历史存在，而且是一种取决于读者理解与接受的历史。在"读不尽的莎士比亚"，品不尽的"韵外之致"中，构成了文学史纵向发展的动态过程。(2001-Z-1，第7—8页)

对于文学发展的动力，人们首先关注的是纵向的"通变"或曰继承与创新，关注的是"文变染乎世情，兴废系乎时序"

(刘勰:《文心雕龙·时序》),或者说经济政治发展决定上层建筑和文学的发展,以及历代读者对文学的接受或文学审美形式的变迁更替等方面。然而,需要强调的是,文学的横向发展,同样是一个相当重要的"动力"。换句话说,文学发展的动力,不但在于纵向的"通变"与"时序",更在于横向的交流与碰撞。从某种意义上说,不认识文学发展中这种横向动力,就没有真正触摸到文学发展的基本规律。(2001-Z-1,第8页)

与文学的纵向发展相似,文学的横向发展,也同样有着它的规律,而专门探讨这一规律的学科之一,就是众所周知的比较文学研究。比较文学研究的主要内容之一是各民族文学关系,这也可以说是文学横向发展的重要内容之一,横向发展出了在微观上表现为作家作品的具体接触和不同民族文学的具体交往之外,在宏观上则展示了世界各民族文学由封闭走向开放,由隔绝走向汇通的横向演拓过程。这一横向演拓进程的历史总图景如何?不同文化圈的文学汇入这一宏伟进程的途径和方式各有什么区别?文学横向发展自身有哪些特点和规律?它与文学纵向发展的关系如何?横向发展的扩大和展开怎样改变了人类文学的存在方式和内在品格?它对文学研究思维方式的变革产生了哪些影响?对以上诸多问题,都需要我们比较文学

研究者加以深入而细致的研讨。(2001-Z-1,第9页)

在文学发展史中,我们还会碰到许多难题,这些难题如果仅仅用文学的纵向发展观来解释,是无法得到满意的答案的。例如,文化与文学的断裂问题。文学的横向发展,往往因其激烈的撞击而造成纵向发展的转向、改道,甚至断裂,文学纵向发展过程中受到异域文化(文学)的强烈冲击,不得不在很大程度上中断和背弃自己民族的文学传统,接受异域民族的文学模式。这种由外民族文学的切入而造成本民族文学传统"断裂"的现象,是文学横向发展和纵向发展异步演进的重要形态之一。不认识到这一点,就无法理解文学的"断裂"现象。(2001-Z-1,第17页)

文学的横向发展有什么规律呢?

如果说纵向的"通变"或曰"继承与创新"为文学史纵向发展的重要规律,那么各民族文学横向的"移植"与"变异"则为文学横向发展的重要规律;纵向的"继承与创新"引起了文学史上长期的"古今之争",横向的"移植""借鉴"与"变异"则引起了持久的"内外之争",在中国则是长期的"夷夏之辩"和激烈的"中西之争";20世纪的中国文学发展史,几乎都是在"中西之争"中推进的。此其一。其二，如果说文学的纵向"接受"为文学纵向发展的动力之一，那么文学横向的"传播"则为文学横向发展的动力之一。对文学的横向传播的研究，形成了比较文学的"流传学""源源学"与"媒介学"等学科理论。其三，如果说"文变染乎世情，兴废系乎时序"，文学与种族、环境、时代的关系为文学纵向发展的问题与动力，那么学界常常论争的"民族化与世界化"，以及当前的学术热点"全球化与本土化"等问题，则是文学横向发展的重要问题与动力。其四，如果说文学的纵向发展取决于政治经济的发展，那么文学与政治经济发展的不平衡性，尤其是文学发展的跳跃性、突变性以及断裂性等方面，则多与文学横向发展密切相关。(2001-Z-1，第18页)

从世界文学发展史上来看，文学发展的确有着一纵一横两条线。所谓纵向的发展，是指各民族与自己历史传统的纵向联系过程，是本民族的既往文学如何影响后世文学，后世文学如何沿革传统的发展；在这种发展形态里，寓含着本民族历代文学之间的承传、流变关系，显示着文学史延续、演变的历史轨迹。所谓文学的横向发展，则是指各民族文学在历史演进中由各自封闭到互相开放，由彼此隔绝到频繁交往，从而逐步在世界范围形成普遍联系的过程；在这种发展形态里，各民族文学相互碰撞，彼此交融，展示了世界文学从分散发展到整体联系的历史动势。可以说，文学发展，正是这一纵一横织成的五彩斑斓的文学历史画卷，正是这纵横交织中波澜起伏、滔滔不绝的文学发展洪流。（2001－Z－1，第1－2页）

文学的纵向发展与横向发展，是文学发展的两个基本动力，唯有从这一纵一横的"合力"之中，才能真正认识文学发展规律；唯有从这一经一纬的交织之中，才能真正认识世界文学这张错综复杂而又精美绝伦的大"网"，让我们踩着这经线与纬线，去"合纵连横"，去探幽揽胜吧！（2001－Z－1，第18－19页）

以总体文学的眼光回首审视全世界文学发展历程的时候，或许就会从中得到一些从前未曾获得过的启示，至少人们可以看到，在整个世界文学发展的历史之中，西方文学并非一花独放，而仅仅是世界文学百花齐放中的一支，或者说是世界文学发展史这一辉煌交响曲中的一个声部，它有时候高奏着主旋律，有时候只能充当伴奏音型的角色，面对这一客观事实，任何头脑清醒的人——包括那些有意无意受"西方中心"观念影响的人——都会承认东方各民族文学的历史地位及其理论价值，唯其如此，才有可能心平气和地、客观地、公正地认识和评价全世界各民族（各国、各文化圈）文学。（2001－Z－1，

第739页）

既然世界文学是一种全球性的流通和阅读模式，且一个文学文本在异域文化环境中多数时候都是依赖译本才得以被阅读，那么这个文学文本要进入世界文学的殿堂，它首先就要经历被翻译，然后在原语语境之外的其他地方得到传播。文化和文明间的异质性又使得翻译在很多时候需要将原文本用其他的语言和文化符码进行创造性转换才能具备可操作性。因而在翻译和接受的过程中，文学文本可能需要经历多个层面的变异。只有在翻译中发生变异，世界文学才得以形成。变异凸显了语言形式的表层下的文化间的异质性，以此丰富了比较文学可比性的内容，异质性和变异性为比较文学与世界文学研究开辟了新的天地。（2018-1，第128页）

通过合适的翻译策略的选取，将两种话语规则融合并更多地彰显本土话语的优势，以此便可以实现外来文学的本土化，即外国文学可以被民族文学吸收，乃至成为民族文学的一个有机组成部分。简而言之，我们要看到翻译在世界文学的形成过程中的重要性，同时也要意识到变异在翻译过程中的不可避免，没有翻译的变异，国别文学将很难步入世界文学的殿堂。只有在翻译中经过了变换与调适，本土文学才能被外来文学所接受和吸收。今天世界文学的概念本质上已经暗含不同文学的交流、对话和互补特征，文学的他国化是一种深层次的变异，它虽然不会经常发生，但却是一种理想的不同文学间相互吸收、融合和促进的过程；它可以为本土文学带来新的生机和活力，充实本土文学的经典宝库（2018-1，第129页）

笔者认为，"世界文学"首先必须是文学作品；要有不止一种语言的译本；影响力超出本国或本民族，甚至跨越文明圈；不仅受到了其他文明和文学的影响，而且在对外传播中出现了变异现象。正因为这种文学不仅接受了他者的影响，又在传播过程中影响了他者，所以其必定具有可比性，而绝不是优秀民族文学的简单翻译或者并列。只有经过了异质文明检验的"世界文学"，才称得上"宇宙文章"，而能够悦纳文学异质性的读者，才是"世界文学"的合格评判者。英国伦敦大学玛丽女王学院教授提哈诺夫也指出，"世界文学"这一思想不该仅局限于欧洲和北美。我们应该做的是去接触不同版本的"世界文学"，理解不同的文化区域，从而获得不同的审美体验，理解不同的文化传统及其不同的格局与动态。那么，当这些版本的"世界文学"问世之后，我们可以从其异质性和特殊性来进行分析。没有多元的标准，就不可能在文本集合和学科的意义上出现真正的"世界文学"。也许，只有当非西方学者不再盲目赞同和推崇西方学者对"世界文学"的认识,而是从自身的文明和传统出发来重新定义、认识和解读"世界文学","世界文学"才不会成为背靠西方话语体系的学舌鹦鹉。因此,笔者主张以文明的异质性对抗"世界文学"单一化的危机,进行比较文学的变异学研究。(2019-1)

比较文学学科理论

【本组摘录以"比较文学学科理论"为题，收录了"涟漪式理论结构""比较文学发展三个阶段""比较文学定义""比较文学可比性"等内容。】

在近10年来的学术研究中，笔者发现不研究比较文学学科理论不行了，因为比较诗学中的许多重要问题，皆与比较文学学科理论密切相关，不搞清楚比较文学学科理论，比较诗学研究也无法真正深入展开。在研究中，笔者逐渐发现，我国当前比较文学学科理论的一个严峻问题是缺乏自己的、切合中国比较文学研究与教学实践的学科理论。正是这种理论的缺乏，导致了中国当代比较文学研究中出现的许许多多问题以及学科发展上的徘徊与茫然，甚至导致了学科发展的"危机"。（2002-Z，第462页）

任何一门学科，都有其独特的学科理论，而任何学科理论，都不可能凭空产生，而是在学术实践中一步步发展并完善起来的。纵观全世界比较文学发展史，我们可以看到一条较为清晰的比较文学学科理论发展的学术之链。这条学术之链历经影响研究、平行研究和跨文化研究三大阶段，呈累进式的发展态势。这种累进式的发展态势，其特点不但在于跨越各种界限（如国家、民族、语言、学科、文化等），而且在于不断跨越之中圈子的不断扩大和视野的一步步拓展。我把这种发展态势称为"涟漪式"结构，即比较文学学科理论的发展，就好比一块石子投入平静的水面，漾起一圈圈涟漪，由小到大，由里到外荡漾开去。但无论有多少个圈子，中心却是稳定的，即始终稳稳地确立在文学这一中心点上。尽管各个发展阶段中曾经或多或少地以各种方式偏离文学（如法国学派过多关注文学"外贸"，忽略了文学性这一问题；又如当今比较文学界"泛文化"的倾向等），但并没有从根基上脱离文学这个中心点。（2001-3，第1—2页）

一圈圈的"涟漪"构成了比较文学不同的发展阶段，所有的涟漪便共同构成了比较文学学科理论涟漪式的基本框架。因而，比较文学学科理论不是线性的发展，不是"弑父"般的由后来的理论否定先前的理论，而是层叠式地、累进式地发展。后来的理论虽新，但并不取代先前的理论。例如，美国学派的平行研究、跨学科研究，并不能取代法国学派的影响研究；当今我们倡导的"跨文化研究"（跨越东西方异质文化），也并不取代"平行研究"与"影响研究"。时至今日，比较文学学科理论涟漪结构的最内圈——"影响研究"仍然有效，仍然在当今的比较文学研究中大显身手，充满学术生命力。不同阶段的学科理论构筑起了自己独特的理论体系，形成了独特的涟漪圈，而这些不同的学科理论又共同构筑起了比较文学学科理论的宏伟大厦。（2001－3，第2页）

为什么会形成这样一种"涟漪式"学科理论结构？这是因为比较文学发展的各个阶段中不同的学术文化背景、不同的学术问题、不同的学术切入点所形成的。正因为背景不同、问题不同、切入点不同，所以各阶段皆各自解决了某一方面的学科理论问题，从而形成了各阶段学科理论的互补性、包容性。"涟漪"正是这样构成的。（2001－3，第2—3页）

在这"涟漪式"结构中，每一个"涟漪"都代表着学科发展的某一阶段。迄今为止，比较文学学科理论至少有三大发展阶段，第一阶段在欧洲，第二阶段在北美洲，第三阶段在亚洲。（2001－3，第3页）

我们可以发现这样两个问题：第一，比较文学早期的学科理论，并非仅仅由法国人奠定，在法国学者之前，已有德国的、英国的、匈牙利的学者率先提出了有影响的比较文学学科理论。第二，欧洲早期的比较文学学科理论，并非仅仅着眼于"影响研究"，而是内容丰富、范围广泛的，它已经蕴含了影响研究、平行研究和跨学科研究，一开始就具备了世界性的胸怀和眼光。(2001-Z-3，第4页)

为什么欧洲早期的比较文学学科理论会转向仅仅强调实际影响关系的"文学关系史"？为什么欧洲的比较文学会走上自我设限的道路？主要原因或许有如下数点：其一，圈外人对比较文学学科合理性的挑战；其二，圈内人对比较文学学科科学性的反思与追寻；其三，世界胸怀与民族主义的矛盾。(2001-3，第4页)

首先是圈外人对比较文学学科合理性的挑战，最突出的标志是意大利著名学者克罗齐发出的挑战。[……]

"比较文学不是文学比较"[1]，这句名言是挡住克罗齐等学

---

[1] J.M. 伽列：《〈比较文学〉初版序言》，北京师范大学中文系比较文学研究组选编《比较文学研究资料》，北京师范大学出版社1986年版，第42页。

者攻击的最好盾牌。既然反对者集中攻击的是"比较"二字,那就不妨放弃它,比较文学的学科理论可以不建构在饱受攻击的"比较"上。[……]因此,比较文学的学科立足点不是"比较",而是"关系",或者说是国际文学关系史。(2001-3,第4—6页)

从某种意义上说,法国学派的自我设限,抛弃"比较"而只取"关系",正是对圈外人攻击的自我调整和有效抵抗:你攻击"比较"二字,我就从根本上放弃"比较",如此一来,克罗齐等人的攻击也就没有了"靶子",其攻击即自然失效。"比较文学不是文学比较",这句话恰切地蕴含了欧洲学者们的苦衷和法国学者的机巧。而正式对"比较"的放弃和对"关系"的注重,奠定了法国学派学科理论的基础,形成了法国学派的最突出的、个性鲜明的特色。(2001-3,第6页)

法国学派学科理论的产生,也是圈内人对比较文学学科理论科学性的反思与追寻的结果。作为一门学科,应当有其学科存在的理由,这个理由就是确定性和"科学性"。克罗齐等圈外人指责比较文学随意性太大,他们的批评实质上也暗含了这一点。怎样建立一门科学的、严密的学科,是法国学者们思考的一个核心问题。法国学派的四大代表人物——巴登斯贝格（1871—1958）、梵·第根（1871—1948）、伽列（1887—1958）、基亚（1921—2011）都不约而同地着重思考了这一问题，提出了明确的观点，即要去掉比较文学的随意性，加强实证性；放弃无影响关系的异同比较，而集中研究各国文学关系史；摆脱不确定的美学意义，而取得一个科学的含义。法国学派的学科理论，正是在这种反思和追寻中形成的。（2001-3，第6页）

世界胸怀与民族主义的矛盾，一直困扰着早期的比较文学的研究者们。本来，比较文学是以"世界性"来确立其学科地位的，跨国界、民族，乃至跨文化的世界胸怀应是比较文学研究的题中之义。但是，由于法国比较文学的诞生与民族文学史的研究密切相关，其倡导者竭力强调比较文学在文学关系史上的定位，因而在比较文学研究中，他们最感兴趣的是法国作家和作品在国外产生了什么影响？这些影响如何产生又如何表现出来？法国文学受到了哪些外来影响？这些影响又是如何与法国文化传统交融与排斥的？如此等等。因此，在梵·第根的眼中，比较文学只研究"二元关系"，而且"往往依附于本国文学观念的目标"①；伽列主张比较文学是文学史的一个分支；基亚更明确地把比较文学称作国际文学关系史，甚至提出比较文学的目的就是比较民族心理学。他们都认为，比较文学的目的就是研究欧洲诸国文学作品的相互关系，只限于一国对一国的"二元的"事实关系研究。在这种研究中，法国自然成为各种文学现象的放送者、传递者，一切关系的清理和材料的排比，不过是具体地坐实文学影响的存在，为自己国家的文学评功摆好。在这种"法国中心"或"欧洲中心"思想指导下的比较文学，必然表现出明显的狭隘民族主义倾向，成为韦勒克所批评的"两种文学之间的'外贸'"②，违背了比较文学的初衷，限制了比较文学的研究范围。（2001－3，第8—9页）

如果说法国学派学科理论引发的危机是一种学科收缩的危机，或者说是"人为的设限"而形成的危机的话，那么，在批判法国学派中诞生的美国学派的学科理论，则从它诞生的那一天起，便面对着扩张的危机，或者说是没有设限的漫无边际的无限扩张的危机。[……]因此，他们又提出各种新的限制来修正比较文学的学科理论。（2001－3，第9—10页）

---

① 智量编：《比较文学三百篇》，上海文艺出版社1990年版，第12页。
② 韦勒克：《批评的诸种概念》，丁泓、余徵译，四川文艺出版社1988年版，第244页。

首先是关于"系统性"标准的限制。〔……〕其次是对"文学性"的限制。〔……〕最后,是对"跨文化"研究的限制。(2001-3,第10—11页)

把比较文学等同于文学研究,实际上是取消了比较文学的基本特征,也等于取消了比较文学这门学科。〔……〕当比较文学无所不包之时,它就在这无边无界之间泯灭了自身;没有了边界,也就没有了比较文学。(2005-Z-1,第10页)

当前的比较文学,更是"危机"声不绝于耳,危机从何而来?我认为,比较文学"无边论"的影响仍然是一个根本问题。(2005-Z-1,第13页)

梵·第根的胸怀和眼界比基亚、卡雷(伽列)等人宽阔而深刻,正是他提出的"总体文学",启发了后人在比较文学研究领域的进一步拓展。韦勒克与雷马克对梵·第根的批判,应当说是一种批判性的继承或继承性的批判。最终,梵·第根所说的"自然展开"的桥梁,实际上是融合在一起的。比较文学的领域,事实上包含了所谓总体文学。到了美国学派,这个顺理成章的逻辑便"自然展开"了。在经历了曲曲折折的

发展后，比较文学不仅又回到了"比较"，而且回到了"总体文学"。(2005-Z-1，第8页)

90年代兴起的文化研究大潮，主要指当代的文化理论研究，以及非精英文化和大众文化研究。它既包括了自弗莱的神话——原型批评理论崛起以来的各种精神分析、接受理论等向文学外部转移，并最终指向文化研究的理论，也包括日后逐渐兴盛的那些传统文学研究不屑于光顾的社区生活、种族问题、性别问题、身份问题、流亡文学、大众传媒等。特别是它们当中的各种"差异"研究和"亚文化"研究，以其鲜明的当代性、大众性和"非边缘化""消解中心"为特征的文化研究，对传统的经典文学艺术研究（包括比较文学研究）造成了巨大的冲击。就文学研究而言，它要求考虑世界各国各民族文学的多元文化背景，要求注重"文学性"背后的文化因素，要求比较文学实现自身定义的"世界主义"承诺。因此，它以跨学科、跨文化、跨艺术门类的特点，为比较文学的发展开辟新的道路。尤其是它所主张的文化多元性与包容性，文化的互动、互通和互补的思想，为东方和第三世界国家文学研究的发展产生了很大的推动作用。显然，站在"西方中心主义"立场上的比较文学美国学派已无法胜任这一使命，于是，一向重视跨越中西文化比较研究的比较文学中国学派便历史性地承担

起这个重任，比较文学学科理论也顺理成章地进入了发展的第三个阶段。(2001-3，第12—13页)

　　中国比较文学研究，从20世纪初梁启超"文学是无国界的，研究文学自然不限于本国"① 的开放胸怀，王国维立足中国本土，以阔大的眼界吸收异域养料的学术研究和文学批评活动，到鲁迅对外来的东西进行理智的选择和充分的吸收，并融入自身文化和文学改造实践的基本态度，再到钱锺书以广阔的国际眼光和通晓古今中外文学理论精神实质的学识来进行切实的中外文学比较研究，以及朱光潜既借用西方文学理论阐释中国文学，又以中国文学经验来补充西方理论的互证互补研究，积累了大量的跨文化研究的实践经验。自当代中国比较文学复兴以来，中国学者吸取中外比较文学研究经验和教训，既不囿于"影响研究"的据实考证，也不满足于"平行研究"所引导的"西方中心主义"式的比较研究，努力探索一种跨越东西方文化的文学比较，以达到各民族文学之间的理解和融通，并在相互的尊重、交流、对话中，认识各民族文学的独特个性，进而探寻人类文学创作发

---

　　① 梁启超：《译印政治小说序》，《中国近代文论选》，人民文学出版社1981年版，第156页。

展的规律。在 90 年代中国学派的倡导中，中国学者更是明确把跨文化比较研究作为学科理论的基础，并主张在总结近百年中国比较文学丰富的实践经验和理论方法的基础上建立自己的方法论体系。(2001-3，第13页)

在三个模块的比较文学学科理论中，法国学派以流传学、渊源学、媒介学以及异域形象学等构成影响研究的诸研究领域；美国学派以比较诗学、主题学、文类学、跨学科研究等构成平行研究的诸领域；而中国学派则以异质文化中的双向阐发和异质比较、对话、融会法来构成跨文明研究的比较文学新范式。(2005-Z-1，第20页)

建构比较文学学科研究的新范式，需要我们打破旧有历时性描述的比较文学学科建构模式，从共时性角度来重新整合已经存在的比较文学三个阶段的理论资源，将比较文学存在的理论问题在"跨越性"和"文学性"这两个基点上融通。这样，我们可以按照这个标准将比较文学研究领域重新切分为四个方面：第一，比较文学是一种具有跨越性的研究；第二，比较文学包含了一种对不同文学体系之间的实证性关系研究；第三，它同时又包含了一种对不同文学体系彼此之间变异的研究；第四，比较文学拥有宽广的世界性胸怀的学科理想，具体就体现

在对一种总体文学的追求上面。(2005-Z-1,第20页)

笔者认为,迄今为止,比较文学学科理论由于比较文学的定义之争已形成了三大学科理论发展阶段,第一阶段在欧洲,第二阶段在美洲,第三阶段在亚洲,即以法国学派学科理论为核心的第一阶段,以美国学派学科理论为核心的第二阶段,和以正在形成中的中国学派学科理论为核心的第三阶段。作为一门发展中的学科,如前所述,一方面,比较文学诞生的最初动因是开放性、发展性和世界性的;另一方面,比较文学的诞生又受到其文学文化传统以及特定影响。因此,从它诞生至今,100多年来,随着比较文学不同阶段的推进,其定义也是变动不定的。如果说,比较文学的定义之争一直如影随形地伴随比较文学的发展,一次次给比较文学带来危机的话,那么这种定义的危机也一次又一次地成为比较文学学科理论发展的动力。(2006-7,第98—99页)

比较文学第三阶段不是对前面学科理论的完全否定,而是在此理论上的继续发展和延伸。[……]跨文化比较研究最为关键的是对东西方异质文化的强调,因为异质文化相遇时会产生激烈的碰撞、对话、互识、互证、互补,并进一步催生出新的文论话语。这样,比较文学就能突破法美学派的桎梏,成为真正具有世界性眼光和胸怀的学术研究。［……］比较文学第三阶段与前两个阶段有着明显地不同。前两个阶段是对不同文学之间"同"的重视，而第三阶段是求异，即对不同文化之间文学的异的探求。但是，求异并不是为了文学之间的对立，而是在碰撞过程中形成对话，并实现互识、互证，最终实现互补。(2007-3-1，第133—134页)

　　本文对比较文学定义如下：比较文学是以世界性眼光和胸怀来从事不同国家、不同文明和不同学科之间的跨越式文学比较研究。它主要研究各种跨越中文学的同源性、变异性、类同性、异质性和互补性，以影响研究、变异研究、平行研究、跨学科研究、总体文学研究为基本方法论，其目的在于以世界性眼光来总结文学规律和文学特性，加强世界文学的相互了解与整合，推动世界文学的发展。本文这一定义不同于前人之处是增加和强调了"跨文明""变异性"和"异质性与互补性"这三大要素，同时，这一定义只承认了"跨国""跨文明""跨学科"这三要素。(2006-7，第102页)

　　在具体比较研究中，不应机械地强行分割开来。例如，在法国学派创立影响研究时，仅仅强调的是跨国的文学关系，但在今天，文学之间的影响更多的是跨文明的影响；法国学派强调的更多的是实证性的影响,而今天我们更强调文学传播中的异质性和变异性。而且,文学实际影响与文学变异常常是交织在一起的,影响的同源性与平行的类同性常常是相关联的,我们一定要注意其中的复杂性。(2006-7,第103页)

法国学派的学科定位同时也放弃了比较文学的文学性和审美性研究,可比性就限制在具有事实影响关系的民族国家文学之间。韦勒克等学者强烈反对这种狭隘的可比性基础,主张恢复没有影响关系的平行研究,形成了平行研究的学科理论,他们认为不具有任何影响关系的国家文学之间也具有可比性,比较文学就是要研究不同国家文学之间在文学性和审美性上的类同性。但在跨文明、跨学科平行研究的可比性上,美国学派的内部也存在着很大的分歧,韦勒克就认为不同文明、不同学科之间的文学可以比,而韦斯坦因则认为不同文明之间不具有可比性。(2011-1,第21页)

我们认为,可比性主要有如下几点:
第一,同源性。在法国学派的理论体系里,影响研究的对象是存在着事实联系的不同国家的文学,其理论支柱是媒介学、流传学和渊源学。因此,它的研究目标是通过清理"影响"得以发生的"经过路线",寻找两种或多种文学间的同源

性关系,同源性也就成为法国学派学科理论体系可比性的基础。(2006-7,第102页)

第二,变异性。比较文学变异学的可比性在于同源中的变异性,这是本文的创新之处。同源的文学在不同国家、不同文明的传播与交流中,在语言翻译层面、文学形象层面、文学文本层面、文化层面产生了文化过滤、误读与"创造性叛逆",产生了形象的变异与接受的变异,甚至发生"他国化"式的蜕变,这些都是变异学关注的要点,在这里,变异性成为可比性的核心内容。(2006-7,第102页)

第三,类同性。比较文学发展到以平行研究为特征的美国学派时,影响研究的束缚便得以突破。可比性的内容得到进一步拓展,类同性和综合性作为平行研究可比性的特征凸显出来。其实在某种意义上这是一种回归,一种"循环式的上升"。[……]类同性所指的是没有任何关联的不同国家的文学之间在风格、结构、内容、形式、流派、情节、技巧、手法、情调、形象、主题、思潮,乃至文学规律等方面所表现出的相似和契合之处;而综合性则是立足于文学,以文学与其他学科进行跨学科比较的一种交叉关系。因此,平行研究的可比性就在于类同性与综合性。(2006-7,第102页)

第四，异质性与互补性。异质性与互补性的可比性主要是从跨文明平行研究和总体文学研究的角度来说的，因为，法、美学派均属于同一欧洲文化体系的比较文学学科理论，而随着比较文学发展到以跨文明研究为基本特征的第三阶段，异质性作为比较文学的可比性则凸显出来。在跨越异质文化的比较文学研究中，如果忽略文化异质性的存在，比较文学研究势必会出现简单的同中求异和异中求同的比较，前者使得中国文学成为西方观念的注脚，而后者则是一种浅层次的 X + Y 式的比附。因此，在跨文化的比较文学研究中，"异质性"是其可比性的根本特征。但"异质性"必须与"互补性"相联系起来。换句话说，研究异质性是为了达到互补性。

如果说过去的"异"是指不同的国家、民族、语言、学科等之异，那么这里的异则是对异质文化间异质性的强调。具体而言，跨文明比较文学研究可比性的立足点是多元性与互补性。在此基础上，跨文明比较文学研究的可比性就体现为异质性、多元性、互补性和总体性。（2006-7，第103页）

"涟漪式"结构具有三个特征：其一，以文学为中心。尽管这个"涟漪"漾出的三个圈子大小不同、框架各异，中心却是稳定地确立在文学这一中心点上，即便是平行研究下的跨学科研究，其支点也是文学，意图揭示出人类文化体系的共通性及文学的独特性。其二，已形成的三个涟漪圈由里到外逐渐增大。从最内圈到最外圈依次是法国学派、美国学派和中国学派，三个学派的形成过程不是以外圈否定内圈式的线性发展，而是层叠、累进式的发展。其三，贯穿三个涟漪圈的主线是比较文学的可比性。在比较文学学科理论发展的三个阶段中，其间的每个阶段都有来自圈内人和圈外人的质疑和挑战，这些质疑和挑战类似于投入水面的石子，激起比较文学学者关于学科理论及其定义的争论，引发一次次学科"危机"。而这些"危机"下的学科争论实质上都是围绕比较文学可比性的思考。围绕可比性，法国、美国、中国的学者分别以同源性、类同性、异质性与变异性作为可比性的依据构筑起三座比较文学学科理论大厦。因此，可比性是贯穿三个涟漪圈的主线，也是三个比较文学学派成立的合法性所在。（2016–1，第1—2页）

比较文学中国学派

【本组摘录以"比较文学中国学派"为题,包括"中国学派的研究特色""中国学派的研究方法""中国学派创立的价值和意义"等内容。】

学术创新是当代中国文化建设的一个重要组成部分。比较文学中国学派的创立和全世界比较文学第三阶段学科理论的成形可以成为中国人文社会科学学术创新的一个典型案例。比较文学中国学派从提出、得到初步拥护到遭遇部分人的反对,其间的论争过程正是比较文学中国学派学术创新的过程。反对中国学派的提法,其实仍然是一种西方中心主义的做法,其结果是使比较文学中国学派仍然处于学科上的"失语"状态。在欧洲,法国学派正是因为有着强烈的学科意识才促进了比较文学学科体系的初步形成和法国学派的建立,因此,比较文学中国学派的建立是完全必要的。中国学派的提出并不就等于完成了学术创新,还必须找到学术创新的路径。中国学派提出的"跨异质文化""跨文明""失语症""变异学""文学的他国化""西方文论中国化"等命题正是学术创新的具体路径,也是学术创新的具体表现。学术创新既不能排斥西方,也不能排斥中国,要以我为主在现实的基本问题上找到学术创新的基本点,同时,在学术方法上要有创新。基于以上观点,我认为全球比较文学第三阶段的理论体系已基本形成。中国学者对比较文学学科理论的创新不仅是对比较文学的贡献,同时,在创新思路、方法和路径上,对整个人文社会科学的发展上也是一个很好的借鉴。(2007-3-1,第127页)

如果说法国学派以"影响研究"为基本特色,美国学派以"平行研究"为基本特色,那么,中国学派可以说是以"跨文化研究"为基本特色。如果说法国学派以文学的"输出"与"输入"为基本框架,构筑起了由"流传学""渊源学""媒介学"等研究方法为支柱的"影响研究"的大厦;美国学派以文学的"审美本质"及"世界文学"的构想为基本框架,构筑起了"类比""综合"及"跨学科"汇通等方法为支柱的"平行研究"的大厦的话,那么中国学派则将以跨文化的"阐发法"、中西互补的"异同比较法",探求民族特色及文化根源的"模子寻根法",促进中西沟通的"对话法"

及旨在追求理论重构的"整合与建构"法等五种方法为支柱，正在和即将构筑起中国学派"跨文化研究"的理论大厦。（1995-1，第19页）

从根本上说来，比较文学的安身立命之处，就在于"跨越"和"沟通"：如果说法国学派跨越了国家界线，沟通了各国之间的影响关系；美国学派则进一步跨越了学科界线，并沟通了互相没有影响关系的各国文学，那么，正在崛起的中国学派必将跨越东西方异质文化这堵巨大的墙，必将穿透这数千年文化凝成的厚厚屏障，沟通东西方文学，重构世界文学观念。因此，可以说"跨文化研究"（跨越中西异质文化）是比较文学中国学派的生命泉源、立身之本、优势之所在；是中国学派区别于法、美学派的最基本的理论和学术特征。中国学派的所有方法论都与这个基本理论特征密切相关，或者说是这个基本理论特征具体化或延伸。（1995-1，第22—23页）

比较文学中国学派的这种"跨文化研究"特征的确立是对中国比较文学丰富实践经验的概括和总结。与法国学派及美国学派皆大不相同，中国比较文学不是从学院中产生，更不是在纯学术的论战中发展。中国比较文学是在近代中西文化的激烈碰撞中诞生的，从她呱呱坠地之日起，便带着中西文化碰撞的胎记。她的发展,是伴随着救亡图存,伴随着中西文化论战,伴随着社会政治文化改良运动而发展的。中国比较文学学者的比较意识,不是法国式的文学沙文主义(或曰法国中心),也不是美国式的"世界主义",而是面对中西文化激烈碰撞的焦虑,是寻求中国文化发展新途径的企求。无论是文化上的保守派还是激进派,无论是"中体西用"或"西体中用"都反映了文化碰撞的焦虑心态和求新于异邦(鲁迅语)即寻求中国文化发展新途径的迫切愿望。中国比较文学,正是这种文化碰撞的产物,也正是在中西文化碰撞、交流、交汇的激流中崛起的一支文化生力军,一支在中西文化碰撞中寻求中西文学互释、互照、互补、沟通、融汇乃至重构文学观念的"架桥"大队。中国比较文学所面临的主要任务,不是法国式的文化"外贸",不是文学作品"输出"与"输入"的斤斤计较;也不是美国式的文化"大同",不是强调"警惕民族特色"、主张"非民族化"的西方中心式的"世界主义",而是跨越异质文化的阐释之中认识中国文学与文论的民族特色,在民族特色的基础上寻求跨文化的对话和沟通,寻求中西文论的互补与互释,在民族特色探讨与共通规律寻求的基础之上,达到中西的融汇、贯通以及文学观念的重建。总而言之,比较文学中国学派的基础和基本特色是"跨文化研究",是在跨越中西异质文化中探讨中西文学的碰撞、浸透和文学的误读、变异,

寻求这种跨越异质文化的文学特色以及文学对话、文学沟通以及文学观念的整合与重建。(1996-1-2，第107—108页)

由"跨文化研究"这一基本理论特征出发，我们从中国比较文学已有的学术实践中，大约可以概括或总结出这样一些方法论：(1)"阐发法"（或称"阐发研究"）；(2)"异同比较法"（简称"异同法"）；(3)"文化模子寻根法"（简称"寻根法"）；(4)"对话研究"；(5)"整合与建构研究"。(1995-1，第23页)

笔者认为，比较文学中国学派的基本特征，就在于探讨这种跨越中西方异质文化的文学碰撞、文学浸透、文学误读，并寻求这种跨越异质文化的文学对话、文学沟通，以及文学观念的汇通、整合与重建。(1997-1，第32页)

如果说，"阐发法"是比较文学中国学派"跨文化研究"理论大厦的第一根支柱的话，那么中西比较文学的"异同比较法"就堪称中国学派"跨文化研究"大厦的第二根重要支柱。如果将"阐发法"与"异同比较法"加以对照，我们可以发现这样一些特征：从同的方面看，"阐发法"与"异同比较法"都是一种跨文化的研究（详后论述）；从异的方面看，

"阐发研究"是一种"开辟道路"式的研究，好比战场上的先头部队，担负着开辟道路、扫清障碍等任务，为后续部队打开一条前进的通道。阐发研究正是使中国文学真正介入国际性文学交流与对话，寻求中西融汇通道的最佳突破口，它创造了从术语、范畴到观点和理论模式等多方面的沟通的条件，扫清了中西方相互理解的一些障碍，为中西比较文学开辟了一条前进的通道。而"异同比较法"则是一种"正面交锋"式的研究，是文学对文学、理论对理论的互相比较和对照。它不奉某方文学或理论为圭臬，而是以异同比较和对照为鹄的。这种"异同比较法"，是在破除了"西方中心"观念后的中西文学的平等比较。如果说"阐发法"是在中西文化发展不平衡、中西文化交流与对话相当困难的情况下，中国学者着眼于西方文论，在相对被动的文化境遇中引进外国文论以阐发本国文学作品的一种结果、一种策略和方法的话，那么"异同比较法"就是立足于中国文学，以我为主地主动出击，主动将中国文学通过比较的方法推向世界。如果说"阐发法"首先关注的是西方文论的普遍有效性的话，那么"异同比较法"则更注重中华民族特色的探讨。最后，如果说"阐发法"以不比较或比较直接不充分为特征的话，"异同比较法"则时时处处以"比较"为其显著特征。(1995-1，第25页)

"异同比较法"最根本的特征在于"跨文化"。这是"异同法"与美国学派所倡导的"平行研究"最本质的区别。在美国学派那里,尚未面临大规模的异质文化的挑战,所以雷马克(Reny Remark)在著名的《比较文学的定义和功能》一文中所开列的可供平行比较的作家与作品名单,全都是西方的。威斯坦因甚至对东西方文学比较,即"对把平行研究扩大到两个不同的文明之间"持怀疑态度。因此,美国学派所倡导的"平行研究",客观上不可能形成一种跨越异质文化的理论和方法论体系。[……]"跨文化"奠定了"异同法"不同于美国学派的基本特征,使之在美国学派"平行研究"的基础上,另创出一种以跨文化为特征的类似平行研究的方法,即中国学派的"异同比较法"。(1995-1,第25—27页)

重"异",还意味着对中西方文学民族特色的关注,对中西文论独特价值的探寻,其效果不仅仅是沟通和融汇,而且是互相补充、取长补短。这又是"异同法"区别于美国派平行研究的一大特征。[……]从根本意义上来说,比较文学恰恰具有两方面的功能,一方面是沟通,寻求各国文学之间、各学科之间、各文化圈之间的共同之处,并使之融会贯通;另一方面则是互补,探寻各国文学之间、各学科之间、各文化圈之间的相异之处,使各种文学在互相对比中更加鲜明地突出其各自

的民族特色、文学个性及其独特价值，以便达到相互补充，相互辉映。(1995-1，第28—29页)

比较文学中国学派的第三个方法是"文化模子寻根法"，简称"寻根法"，这个方法显然是"跨文化研究"这一中国学派基本理论特征在方法论上的具体化。"寻根法"的产生，既是在中西文化激烈碰撞中产生的，更是中国比较文学学者在跨文化的比较文学学术研究实践中创造和总结出来的。(1995-1，第29页)

比较文学中国学派的第四个方法是"对话研究"。[……]这种"对话"，主要是指东西方两大文化系统之间的文学与诗学对话。[……]与"异同法""寻根法"相比较，"对话研究"更注重沟通，或者说对话研究的基本目的就在于沟通。(1995-1，第32—33页)

比较文学中国学派的第五个方法是"整合与建构研究"，简称"建构法"。这种整合与建构，主要是指理论和文学观念的建构。随着东西方跨文化的文学与文论的互相阐释、异同对比、文化寻根与互相对话的一步步深入，将打破西方文论独霸的局面。东西方文学观念的互释、对比与对话，并最终导致一

个重新建构世界文学观念的设想,已经展开在我们的脚下。(1995-1,第36页)

笔者将比较文学中国学派的一个基本特色概括为"跨文化研究",以跨文化阐发法、中西互补的异同比较法、探求民族特色及文化寻根的模子寻根法、促进中西沟通的对话法、旨在追求理论重构的整合与建构法五种方法为支柱,正在和即将构筑起中国学派跨文化研究的理论大厦。法美学派都是在同古希腊罗马文化的欧洲文化圈内的比较,从来没有碰到过类似中国人所面对的中国文化与西方文化的巨大冲突,更没有救亡图存的文化危机感,在学科理论中就不能提出跨异质文化的要求。对于处于中西文化碰撞中的中国比较文学而言,我们真切地感受到了中西方文化的巨大差异,中国的比较文学研究就不可避免地提出了跨文化的要求。如果说法美学派在跨国和跨学科上跨越了两堵墙的话,那么中国学派就是跨越了第三堵墙,那就是东西方异质文化这堵墙。笔者认为,跨文化研究将法美学派求同的研究思维模式转向了求异,这样才能穿透中西文化之间厚厚的壁障,与跨文化研究相配套的五种研究方法更成为比较文学中国学派方法论体系的重要组成部分。笔者对理论构架法、附录法、归类法、融汇法等中国学派在形成和发展过程中的一些方法进行了阐述和分析,认为这些方法对东方文学之

间的比较研究和其他东方文学与西方文学之间的比较研究也同样适用。(2007-3-1,第131页)

在寻求具体的建构方法上,中国同人也作了许多有益的探索。这些探索可以总结为"理论架构法""附录法""归类法""融汇法"等等。

所谓"理论架构法",即以某一种理论框架为主,来重新构筑文学理论体系及观念。例如,不少学者以阿布拉姆斯(M. H. Abrams)在《镜与灯》(*The Mirror and the Lamp*)中提出的艺术四要素的理论框架来重新建构文论题词。刘若愚的《中国的文学理论》,就是以这个理论框架来重新构筑中国文论体系的一个范例。[……]

所谓"附录法",也可称为"附录及引证法",即以论述一种文论为主,将其他种文论附录参照或引证参照。这是一种常见的建构方法。例如王元化先生的《文心雕龙创作论》即属于附录法的范例。在谈到刘勰关于创作的"直接性"问题时,王元化附录了陆机的"感兴说"与别林斯基关于创作行为的自觉性与不自觉性等以相参照,为文学理论的建构提供了有益的启示。[……]

所谓"归类法",即以文学理论问题归类,加以比较并建构。例如,拙著《中西比较诗学》即将"艺术本质论""艺术

起源论""艺术思维论""艺术风格论""艺术鉴赏论"等归位五大类,进行中西的比较和理论的建构。[……]

所谓"融汇法",即将东西方文论汇于一处,融铸成一个统一的理论体系。这种方法较难,但它是建构法的最理想的方法。今后的理论建构,这将是一个主攻方向。[……]朱光潜先生于1942年出版的《诗论》一书,可以说是这种融汇法的范例。全书共列"诗的起源""诗的谐隐""诗的境界——情趣与意象"等十三章,自成体系。书中将古今中外的各种文学理论熔为一炉、纵横捭阖、妙手成春。作者将西方的"灵感""移情""直觉",尼采、叔本华、克罗齐、莱辛,与中国的"诗言志""妙悟""隔与不隔",刘勰、苏东坡、严沧浪、王国维等理论与文论家统统作为自己诗学理论体系的建筑材料。这是一次成功的尝试。(1995-1,第37—39页)

从比较文学中国学派的成长过程和第三阶段的发展历程来看,自主创新的比较文学中国学派与比较文学第三阶段充分体现了这样几点意义:

一、自主创新的道路既不能闭门造车、排斥西方,又不能妄自菲薄、排斥自己。[……]中古比较文学与中国学术要实现创新,就必须以自我为主地融汇中西。

二、要实现学术创新就必须在具体的基本问题上找到学术创新的基点。[……]东西方的冲突与差异是我们面对的核心问题。当今中西方文明交汇、冲突并进行着对话,跨文明是现实问题的焦点,解决好了跨异质文明的中西问题,也就能够抓住学术创新的立足点。

三、在学术方法上要创新。[……]具体而言,首先是在话语方式上亦即从言述方式上创新,而不是将西方的理论照搬过来;其次是要指出学术创新的具体路径并要具有可操作性和适用性,如比较文学中国学派提出了跨异质文明、变异学、文学的他国化等,都是中国学派自己的、不同于西方的方法论,这些创新路径的提出对于研究中西冲突与交融问题都具有切实的可操作性和适用性。路径和方法对了,方法的创新和学派的建立就比较容易了。(2007-3-1,第135—136页)

笔者认为,比较文学第三阶段的理论已基本形成。在法国学派阶段,比较文学的发展也不仅仅是在法国才有的,欧洲其他国家也在进行比较文学的研究。但是法国学者有着强烈的学派意识,所以创立了法国学派。比较文学在亚洲也并非只有中国才有,印度、日本、韩国、伊朗等国家也有比较文学研究,都有可能创立自己的学派理论,从根本上打破西方中心主义的理论框架,真正让比较文学走向世界。借用陈鹏翔先生的说法,派别之争"并非纯为国别或面子而争意气,而是为理念、为研究方法重点而争"①。因此,比较文学中国学派的建立是学科理论发展的必然要求。从当今中国比较文学研究的理论特征和方法论体系来看,比较文学中国学派已基本形成并在进一步发展和完善之中。(2007 – 3 – 1,第 136 页)

---

① 陈鹏翔:《建立比较文学中国学派的理论和步骤》,黄维樑、曹顺庆主编《中国比较文学学科理论的垦拓》,北京大学出版社 1998 年版,第 144 页。

比较文学变异学

【本组摘录以"比较文学变异学"为题,主要包括"变异学的定义""变异学的基本原理""变异学的贡献与意义""他国化研究"等内容。】

2005年,笔者正式在《比较文学学》一书中提出比较文学变异学,提出比较文学研究应该从"求同"思维中走出来,从"变异"的角度出发,拓宽比较文学的研究。2006年,在《比较文学学科中的文学变异学研究》一文中为变异学下了个明确的定义,并在《比较文学教程》中对此定义作了进一步的补充。(2018-6,第8页)

比较文学变异学将比较文学的跨越性和文学性作为自己的研究支点,它通过研究不同国家之间的文学现象交流的变异状态,以及研究没有事实关系的文学现象之间在同一个范畴上存

在的文学表达上的异质性和变异性，从而探究文学现象差异与变异的内在规律性所在。（2006 - 1 - 3，第 82 页）

变异学把"异质性"作为比较文学可比性的基础，从异质性与变异性入手来重新考察和界定比较文学的研究领域，通过关注差异性，深入挖掘不同文学之间互相渗透、互为补充的价值，通过比较文学这座桥梁来实现整个世界文化的沟通与融合，并进而构建一个"和而不同"的世界。（2014 - Z，第 2 页）

如果说比较文学中国学派、跨文明研究的提出都属于站在东方人的立场上来考虑西方人还没有考虑到的问题，那么，变异学的提出就不仅仅是东方的问题，不存在东方学者站在东方的立场来反驳西方的问题，它（变异学）是一个一般性的问题。（2014 - Z，第 2 页）

今天看来，我认为法国学派这套理论实际上有着重大的理论缺陷，它不能完整地指导我们的比较文学研究实践，如果我们不去弥补它，比较文学学科理论无法纠正它的重大缺憾。这个缺憾在哪里呢？缺憾在于它忽略了文学在流传过程中，由于不同的语言、不同的国度、不同的文化、不同的文明、不同的时代、不同的接受，它会产生文学信息、意义的改变、失落、误读、过滤，换句话说，它肯定会发生变化，也就是我所说的变异。(2014 – Z，第 5 页)

这种变异性，如果我们的比较文学不去研究它的话，比较文学研究的意义和价值就要大打折扣，因为文化与文学的互相影响，通过跨语言、跨国度、跨文明的桥，会形成一种文化碰撞与交融，产生变异。很多新的文化就是从变异中生长起来的，文化的新观念，文化的新枝就是这样生成的，交流与创新不仅仅是通过它们的相同生长起来的，更多的是通过不同的文化、不同语言的变异诞生出来的。(2014 – Z，第 6 页)

变异学理论主张的"异质性"与"变异性"，在承认中西方异质文化差异的基础之上，进行跨文明的交流与对话，研究文学作品在传播过程中呈现出的变异。从研究范围来看，变异学理论主要有五个方面：第一是跨国变异研究，典型代表是关于形象的变异学研究。形象学研究的对象是在一国文学作品中表现出来的他国形象，而这种他国形象就是一种"社会集体想象物"，正因为它是一种想象，必然会产生变异现象，而变异学研究的关注点即在于他国形象变化的原因。第二是跨语际变异研究，典型代表是译介学。文学作品在翻译的过程中，将跨越语言的藩篱，在接受国的文化和语言环境中被改造，在此过程中形成的变化即是变异学研究的焦点。第三是文学文本变异，典型代表是文学接受学研究。在文学的接受过程中，渗入着美学和心理学等因素，因而是无法进行实证性考察的，属于文学变异学的研究范围。第四是文化变异学研究，典型代表是文化过滤。文学从传播方转向接受方的过程中，接受方基于自身文化背景而对传播方文学作出的选择、修改、创新等行为，这就构成了变异学的研究对象。第五是跨文明研究，典型理论是跨文明研究中的话语变异。由于中西方文论产生的文化背景迥异，因此二者之间存在着巨大的异质性差异。西方文论在与中国文学的阐发和碰撞中，双方都会产生变异现象，因此中国学者提出了"双向阐发"的理论，主张在用西方文论阐释中国文学作品的同时，用后者来反观前者，这是变异学从差异性角度出发对跨文明研究所作出的有益突破。（2018－6，第8—9页）

变异学追求的是"同中之异"，即在比较文学影响研究与平行研究的同源性、类同性的可比性基础之上的进一步延伸与补充，在有同源性和类同性的文学现象的基础之上，找出异质性和变异性。中国比较文学学会原会长乐黛云曾提出过"和而不同"的说法，和而不同也是中国人在认识世界所采用的一种哲学人生观。中国古人在春秋时期即云："和实生物，同则不继，以他平他谓之和，故能丰长而物生之。"(《国语·郑语》)。孔子也说："君子和而不同，小人同而不和。"(《论语·子路》)其第一义是承认、尊重并赞赏事物、人性品质的差异性和多元性，这也体现了中国人看待事物的辩证思想，将世界视为多元和谐统一，保持差异性样态的存在。乐黛云借这一哲理性观念为中国比较文学指点了其广阔的发展空间，变异学也遵循着此一思维所涵括的尊重与宽容，而在变异学的理论指导下，中国比较文学的学科建设也已打破了旧有的历时性视野，以共时性角度重建学科理论，这需要严谨的思考和极大的勇气。笔者在2005年编著的《比较文学学》首次在教材编写上以四大板块——"文学跨越学""文学关系学""文学变异学""总体文学学"实践着"变异学"的理论。中国比较文学教材编写长期陷入学派的限制，而新理论范式的比较文学教材在纯粹地进一步改善长期处于不稳定状况的学科现状，规范比较文学学科体系，同时解决了众多跨文化的学术现象、学术难题并在新的学术领域收获颇丰。笔者所主持的"英语世界中的中国文学译介及研究"等中国项目在变异学理论的视域下极具学术价值，在跨越语际障碍的文明之间纠正了许多常识性误读，增添了更多的差异性理解性，同时也佐证了变异学的理论实践价值。(2020-1，第16—17页)

曹顺庆论中国话语

变异学的提出是中国学者在长达数十年的学科理论建设和反思中作出的对整个比较文学学科的补充和调整。在一开始跨越语际、文化、文明的视野中观照文学文本、事件,在世界流传中的变异及变异因子的探寻。正是由于变异学最初所携带的跨越性、文学性、世界性特质使得此理论在实践过程中有极强的普适性和启发性。中国学者以跨文化的学术身份提出变异学,正如佛克玛所言同一文明圈内也存在变异,故而变异学同样适用于同质文明圈内的同源文化现象变异研究。中国作为东方文明古国,其历史资源和文学经验的积淀是远远未被西方文化圈所了解的,东方在现在一直以"他者"的身份呈现在"主体"——西方的印象中。然而,他者不再是主体眼中的他者而是与主体一样拥有"主体性"的他者。在审视作为"他者"的东方,无论是译本,还是图片、音像等各种信息,文学变异学将提供一种"具了解之同情"的态度。文学变异学同样将长期隐伏的"文化模子"提出水面,有时往往背景式的知识却往往被忽略,在文化的深层结构中决定着文化圈的话语言说方式,接受者无意中造成的信息错落等文化过滤,接受者因主体性和文化构成造成的文学误读以及更深层次的话语规划改变——他国化。变异前后的文学现象很少能完整地将信息重叠或接受,失真性造成的误解常常存在,对于他国形象或他国人民的认识也将出现不符事实的曲解，文化的多元性在口号中兴盛而在实践中消失，文学变异学不仅是在学科方法上提供借鉴之处，更是在认知方式上有着哲学性的启发。(2020-1，第21页)

比较文学变异学理论研究，是中国比较文学学者针对西方比较文学学科理论的缺憾提出的、具有普遍性意义的比较文学理论研究的最新理论成果，变异不仅是文学影响关系与文学阐释中的重要概念，更是一种文化创新的重要路径。"变异学"不仅弥补了西方比较文学学科理论的不足，还推动中国比较文学学科理论的创新和发展，而且必将对全世界比较文学学科理论的发展产生推动和促进作用。变异学的研究方法和求异的思维方式可以为中国及东方诸多社会科学领域所普遍存在的"西化"现象提供新的研究视角和思维方法，从而开创中国社会科学领域研究的新气象、新局面，为中国社会科学领域的自主创新奠定理论基础和思维模式。(2014-Z，第1页)

我们说，在尊重法、美学派的学科理论时不得不重视一个问题，那就是整个比较文学学科是缺乏变异性研究的，而文学变异学研究正是比较文学研究的一个新视角、新方法和新理论，是全世界比较文学学科理论的重大突破。比较文学变异学弥补了法国学派"影响研究"和美国学派"平行研究"的重大缺憾，开启了一个注重异质性和变异性的比较文学学科理论的新阶段，尤其是开启了跨文明比较研究的新历程。因为，在人类文学史的整个发展历程中，不同文明之间的碰撞不可避免地会产生文学新质，也使得不同文明的异质性和变异性得以凸显出来，而不同文明的比较、对话与交融，将是人类文化交流的更高阶段。(2008-4，第40页)

（变异学的主要贡献）第一，"变异性"与"异质性"首次成为比较文学可比性基础。法国著名学者佛朗索瓦·于连对求同模式的批判时指出："我们正处在一个西方概念模式标准化的时代。"[①] 中国学者习惯套用西方理论，并将其视为放之四海而皆准的公理，失去了自己的理论话语。我们在引进西方理论的时候，应该注意它的异质性和差异性，注意到文化与文学在传播影响中的变异和阐发中的变异性。

第二，明确指出了比较文学的可比性，是由共同性与差异性构成的。影响研究，是由影响的同源性与文学与文化传播中的变异性共同构成的，缺一不可。平行研究，是由文学的类

---

① 秦海鹰：《关于中西诗学的对话——弗朗索瓦·于连访谈录》，《中国比较文学》1996年第2期。

同、相似的对比，以及对比中的相互阐释与误读、变异共同构成的，缺一不可。可以说只有包含变异性的研究，比较文学可比性才是完整的。

第三，从学科理论建构方面来看，比较文学变异学是一个观念上的变革。变异学的提出，让我们看到了比较文学学科从最初求"同源性"走向现在求"变异性"的转变。也就是说，它使得比较文学研究不仅关注同源性、共通性，也关注差异性、变异性，如此比较文学的学科大厦才会完满。我们中国学者提出异质性是比较文学的可比性，也就是说比较文学可比性的基础之一是异质性，这无疑就从正面回答了韦斯坦因的疑问，为东西方文学比较奠定了合法性基础，建立起了新的比较文学学科理论体系。

第四，变异是文化创新的重要路径。人们讲文化创新，常常强调文化的杂交，提倡文学的比较、对话、互补，同样是希望实现跨文化对话中的创新。但是，对于比较文化与比较文学究竟是怎样实现创新的我们还缺乏学理上的清晰认识。

变异学发现了一个重要的文化创新规律、文学创新的路径：文化与文学交流变异中的创造性，以及文学阐发变异中的创新性。这是比较文学变异学研究又一个重要理论收获。变异学研究发现，准确的翻译，不一定就有好的传播效果，而创造性翻译的变异常常是创新的起点。从创新视角出发，变异学可以解释当前许多令人困惑的学术争议性问题。例如，翻译文学是不是外国文学、创造性叛逆的合理性、西方文学中国化的理论依据如何、比较文学阐发研究的学理性问题、日本文学的变异体等。总之，变异学提供了一个崭新的学术视野。（2018-6，第9页）

从学科理论建构方面来看，提出比较文学变异学将是一个观念上的变革。它的提出，让我们看到了比较文学学科从最初求"同源性"走向现在求"变异性"的转变。比较文学中国学派建构起的理论话语，弥补了西方理论中的诸多不足，使比较文学真正成为一门全球性的学科。以变异学理论为标志，比较文学中国学派建构起了自己的学科话语体系，并在世界范围内得到了广泛的传播和赞誉。中国比较文学话语体系的建立，实际上是在国际比较文学研究中发出属于中国的声音，在对外交往中获取话语权。经过几代学者的共同努力，比较文学学科在中国得以迅速发展，无论在理论建设方面，还是在批评实践方面，都取得了傲人的研究成果。有学者指出："中国比较文学在学术质量上和数量上均已领先于世界，可以说，当今世界比较文学的中心已经转移到了中国。……对于中国比较文学的崛起，作为西方学者的巴斯奈特和已故的法国学者艾田伯，都

给予了积极的肯定。"① (2018 – 6,第 10—11 页)

  变异学理论的成功案例,证明了中国学者有能力建构起既有中国特色的比较文学学科理论话语,同时又具有普遍意义的世界性比较文学学科理论话语。如何在传统文化的基础上,创造出新的理论话语,用新的话语来引起世界上的研究和讨论,是我们为之努力的奋斗目标。"变异"一词,是《周易》思想的重要部分,而文化传播中最重要的现象就是变异,变异学理论恰好解决了西方面临的"比较文学危机"问题。对于其他人文学科也是如此,如何能以我们自身的文化传统为基础,激活其在当代文化语境下的现代意义,是所有人文科学研究者应该时刻注意的。变异学的理论贡献,不仅体现在比较文学领域,更为人文学科的话语建设提供了先例,对于中国话语体系的建构也将起到积极的借鉴意义。(2018 – 6,第 11 页)

  2013 年,《比较文学变异学》(英文版)(*The Variation Theory of Comparative Literature*)由全球最大的科技出版社之一,德国的斯普林格(Springer)出版社出版发行。中国学者

---

① 正向远:《比较文学中心已经转向到中国》,《中国比较文学》2009 年第 1 期。

提出变异学理论与方法,在世界比较文学界产生了影响,该著作系统地梳理了比较文学法国学派与美国学派研究范式的特点及局限,首次以全球通用的英语语言提出了中国比较文学学科理论话语:比较文学变异学。该书的出版,将变异学这一彰显中国特色的比较文学学科理论话语及研究方法呈现给世界。比较文学变异学理论作为比较文学"中国话语",受到了国际学界的广泛关注与高度评价。(2018-6,第9页)

变异学研究提出来以后,必须有具体的进展和研究方向,我刚才提出来了:形象学、接受学、译介学,都可以说是变异学。但这些都是别人提过的,目前研究这些东西的论著已经有很多了。现在我自己开辟出来一个研究领域:这就是"文学的他国化"。文学的他国化在比较文学界还没有人提出来,是我们提出了变异学才有的课题。文学的他国化涉及好几个方面的内容。首先,它是变异学的重要观点。它是由不同的语言、不同的文明、不同的文化个案与接受造成的变异。这种变异最后走向是变异成别的国家的文学,我们称之为他国化。其次,他国化的方向主要是在文化影响中,接受国的文化可能消化外来国文化,把它变成接受国的文化,我们称之为本土化或者叫中国化。比如西方文化的中国化、西方文论的中国化,这个方向实际上早就被学术界肯定了的。(2014-Z,第12页)

在冲突中变异，在冲突中融合，佛教终于他国化，变成了中国的宗教。现在中国这个禅宗已经不是印度佛教，禅宗是中国的佛教。我们传统文化有儒、道、释三大家，其中儒、道是中国的，佛教则是外来的，是外来文化与中国文化变异、杂交以后产生的文化新枝，也可以说是外来文化经过他国化或者叫中国化以后，经过这样的变异，产生的文化新枝。在这个新枝里面，也有很多文学的新东西，例如：新的文类——变文；新的文论——妙悟、意境，等等。(2014-Z，第6页)

东方国家的西化，这是我们近一两个世纪以来的一个热闹话题，包括现代西方的后殖民主义研究都是如此。它实际上涉及东方文化西方化，也涉及西方文论怎样变成普适性的问题，即 generally literal theory。实际上全球化过程就是一个西方化过程。中国文学的西方化也是不可否认的这么一个历程。(2014-Z，第13页)

他国化的根本是一个"化"字。什么才是根本的东西呢？我们任何一种文化都有支撑它的一个根本的东西，就是它的学术规则，这个学术规则是根本的问题。我们按什么学术规则来产生意义，大家知道西方和中国是不同的学术规则，学术规则

大家都感觉得到,但摸不到。中国有中国的学术规则,西方有西方的学术规则。(2014–Z,第14页)

比如说王国维就是典型的既有中国化又有西方化。王国维的《人间词话》是典型西方文论中国化的一个个案。我已经讲到微观了,大家不善于把握宏观,就可以把这些微观拿来研究。王国维的《人间词话》受了西方的影响是,是典型的西方文论中国化的案例。他在里面是吸收了西方文论的,到底体现在哪里呢?比如他把西方的理想的、写实的写进来,相当于我们讲的浪漫主义、现实主义。有宏壮的、优美的,相当于崇高(sublime)与优美,有主观的、客观的,这些都是西方的观念。但王国维的基本学术规则与话语方式是中国的诗话、词话的话语方式。王国维引入了西方的subject/object主客二分,但是王国维引进后就把学术规则改了。大家看《人间词话》:"有主观之诗人,有客观之诗人,有理想的有写实的,然二者颇难分别。因大诗人所造之境,必合乎自然,所写之境,亦必邻于理想故也。"修改过来就是中国的了,因为中国从来都强调物我合一、天人合一。比如说我们读《文心雕龙》,就有物我合一的思想,比如《物色篇》:"写气图貌,既随物以宛转;属采附声,亦与心而徘徊""情往似赠,兴来如答"。又在刘熙载《艺概》中有:

"在外者物色,在我者生意,两者相摩相荡而赋出焉。"换句话说,主观与客观合一是中国基本的学术规则。王国维把西方的东西拉进来,用的是两分法。我们很少两分法,我们都是一分法。一个东西他把它拉开来,有理想的,有写实的,但他认为两者是结合的。他把西方的学术规则都改了,改成我们主客观合一,这就是西方学术的中国化。(2014-Z,第16页)

文学理论,作为文学的"元语言",它应该和文学"水乳交融",我们的中国文论所谓的"西方化",第一个"坎儿",就是我们的"元语言"地位的变化,元语言地位的丧失,然后它才变成对象化和材料化,最后要用什么元语言来研究中国文论呢,要用西方的元语言来研究中国文论,所以中国文论被对象化,这就是一个文学的两面,中国文论元语言地位的丧失和它的被对象化。我们最后要用西方文论来研究中国文论,这种东西你们可以举很多例子,怎么用西方文论来研究中国文论呢,我刚才已经讲过一个具体的例子,比如研究"风骨",我们要用"内容"和"形式"来分析,"风"是内容,"骨"是形式,或者反过来说,"骨"是内容,"风"是形式,我们一直这样研究,研究起来就驴唇不对马嘴,因为它是不同的话语规则。中国文论丧失了元语言地位后,最终就对象化、材料

化、就变成"秦砖汉瓦",变成西方文论"元语言"下的材料。这就是中国文论西方化。(2014-Z,第23页)

要将一种文论成功地进行"他国化",最需要的就是"创造性"误读。这种创造性的误读,体现了接受者对外来文论的有目的、有意识的选择,从而更加集中地体现了接受者的主体性。"佛经"的中国化,就是典型的创造性误读。中国以自己的"虚实相生""有无相生"等典型的中国传统文论话语的意义生成方式吸收、改造了佛经,实现了佛经的创造性误读,形成了"意境""妙悟"等扎根于中国传统文论基本范畴和言说方式基础之上的一系列概念。来自外来文化的佛教所以成为中国化的诗学话语,就在于我们创造性地误读了外来文化。并以中国传统文论中的基本范畴、意义生成方式这些文化"先结构"去融化之、改造之,最终完全与中国文化土壤融合在一起,成为经创造性误读后成功实现文论他国化的典型。(2004-4,第65页)

因此,任何外来理论在新语境下的重新"制度化"并非简单的事。一种理论移植到新的文化语境,经文化过滤、文化误读,只是文论旅行中的第一步。要真正创造性误读外来文论,将其转化为他国化的东西,还需切实地以接受国的文论话语的基本规则和言说方式作为"先结构"去吸收、融化外来文论。我们今天之所以会有西方文论话语一统天下的局面出现,会有"失语症"出现,根本问题就在于没有将话语规则和意义生成方式作为接受主体的"前理解"从而创造性误读西方文论、没有弄清文化误读与他国化之间的关系。接受主体的文化"前理解"应该不再仅仅停留在表面上,而应落实到内在的文论话语的基本学术规则和话语生成方式中去。离开这一深层的东西,"他国化"始终是一句空话,始终只能停留在问题的表面上。中西文学理论的根本差异,就在于其有着迥异的意义生成方式和言说规则。离开这种基本言说规则,也就失去了接受者的"主体性"根基,更谈不上有效的本土转化。因此,只有真正立足于本国自己传统文论的基本言说范畴和意义生成方式,方能将他国文论转化为符合自己本土文化土壤的东西,实现文论的他国化。否则,永远只是抓住表面相似点,落实不到真正的有效转化这个层面上来。(2004-4,第66页)

如何真正实现西方文论的"中国化"而非西方文论"化中国",有人开出了这样的"药方":"西方当代批评中国化,就是将西方当代批评置于中国的文化语境来加以检验,其与中国的文学经验有共通性者则肯定之,吸收之;与我们的经验相悖而明显片面、谬误者则质疑之，扬弃之；对我国的文艺现象不能解释、陷于盲视者则补充之，发展之。通过这样的消化吸收、扬弃增殖的过程，将西方当代批评重构为我们中国自己的新的批评理论和方法。"[1] 这样的中国化，其实跟"以西释中"的单向阐释法是一致的，也是指用西方文论来阐释中国文学和文论。这样做的结果，无非是将中国文学文论当作西方文论的注脚本，其危险性在于"牺牲中国文学与众不同的（常常是难以驾驭的）特色而过分相信西方理论的普遍适用性"[2]。像这样直接套用西方文论来阐释中国文学文论，过分相信西方文论的普适性，将其移植来替换中国文论的思维和实践，必然使我们失掉中国文论赖以生存的传统，中国文论将成为无本之木、无源之水。正是中国文论的失根、失本，才导致了其言说无力、创造力匮乏，从而成为"标本"。所以，要重建中国文论话语，只能是立足于当代，以中国传统文论话语为本，借鉴、吸收、利用西方文论话语来补充、丰富、更新中国传统的文论话语。（2004 - 5 - 1，第106页）

---

[1] 陈厚诚、王宁：《西方当代文学批评在中国》，百花文艺出版社2000年版，第14页。

[2] 孙筑瑾：《中西比较文学研究中的视角问题》，李达三、罗钢主编《中外比较文学的里程碑》，人民文学出版社1997年版，第75页。

笔者提出"重建中国文论话语"和"西方文论话语的中国化",并非"单纯地只是因为中国人缺少自己纯粹的民族声音,感觉到一种耻辱,而力求发出一点响动"①,而是因为明显地感到借来的鞋子总是难以合自己的脚。西方文论话语毕竟是在西方文学文化的土壤中产生的,它并不完全适合于异质文化的中国。简单地将西方文论拿来"移植"套用的做法,夸大了西方文论的普适性,忽略了中西文化的差异,必然会导致我们言说无力、文论失语。或许有人会认为,实现中国古代文论的现代转化已经很难,若将西方文论话语与中国传统话语融合就更不可能了。在他们眼里,传统文论话语如"活化石",早已失去了生命力,在当今只能放在陈列室里供人评点欣赏。这种看法,笔者难以认同。事实上,古代文论话语犹如一座资源丰富的矿藏,里面固然有许多无用的杂质,但只要我们的专业知识达到精深,我们定能淘到无价的"宝藏",古代文论的现代转化和西方文论的中国化是完全有可能实现的。在现代文学史上,王国维、钱锺书等人的成功实践就是证明。(2004 – 5 – 1,第106页)

---

① 王辽南:《世界性·创造性——关于21世纪中国文论建设的两个着力点》,《文艺评论》2001年第2期。

自1995年提出中国文论与文化的"失语症"到现在学术界已经进行了近十年的讨论。面对"失语"的尴尬文化现状我们又提出"重建中国文论话语",特别是切实进行中国古代文论的现代转换,并认为这是解决"失语症"的具体路径。学界大都赞同重建中国文论话语,但对于从何种路径进行切实的转换与重建,却甚感困惑与迷茫。对此,我们又曾提出过"融汇中西""杂语共生"的基本理念,并要求率先从返回自己的文化家园,也就是从中国古代文论的现代转化入手来进行当代中国文论的重建。目前,这一条路径已经有了一定的共识。现在,我们应当开始着手下一步的工作:即开辟重建中国文论的又一条途径——"西方文论的中国化",因为这是实现"融汇中西""杂语共生"的必然路径,也是又一条具有可操作性的中国当代文论建构的有效途径。(2004-5-2,第120页)

理解"西方文论中国化"首先必须正视:当一种理论在不同的文化背景中被跨语际译介和传播后必然被不同程度的"他国化"。也就是说西方文学理论在中国的传播因为受翻译和中国文化现实的影响,已经不可避免地具有某些中国自己的特点,这是"中国化"的初涉阶段。"中国化"的根本阶段需要让外来理论与本土文化传统相结合,与本土学术规则、话语

方式相结合,具有本土特色和创造力,这样才是有意义的"中国化"。(2004 - 5 - 2,第 122—123 页)

从世界文化发展来看,西方现当代哲学和诗学从克尔凯郭尔、尼采到海德格尔,一直在寻求一条与形而上的传统西方"逻各斯"中心主义不同的道路,也就是欲摒弃西方传统的二元对立中的认知理性道路,希望通过对人之存在的"诗性"敞开,来消解现代性下社会与人生的诸多悖论。西方长期以主客分离的"对象性之思"和分析性言路被视为通达真理的唯一途径,而海德格尔走出了一条异于西方传统以抵达真理的知识之路。他将目光投向中国文化,尤其是老庄哲学,从运思和体悟方式上找到了双方"对话"的重要平台,即双方最基本的思想方式都是一种源于人生的原初体验视野的纯境域。他借此将中国哲学德国化在西方哲学中首次通过对用内在状态的心灵的"洞开"去达到真理,在经验、体悟中去解悟世界的真谛。他用自己独特的术语和思想揭示某种在场的诗意状态,而不是如传统那样外在的、抽象概括的某种特性,他让主体在亲历领会中让物自性显现,它强调物我同一、心与道化,从而达到一片世界朗然现身的澄明之境。然而,海氏在吸收中国哲学的同时,仍然是立足于本国传统,用德国文化所特有的精神来建构自己的思想体系。西方的哲学、神学、文学乃至海德格尔生长于其间的德国南部的精神气氛都是海氏存在观的土壤；他在看待人在世界中的地位、神的含义、语言的地位等都具有德国哲学的传承性，迥异于中国传统的儒道思想。他使用语言的方式讨论的具体问题，比如"存在"等更是只有在西方文化传统中才能出现。海氏哲学的巨大影响力正好说明在平等的"对话"中找到异质文化之间的可交流性，合理运用他国资源，并从根本上与本国学术规则、话语形式相结合，就能生发出更加炫目的、能够推动本国乃至世界文化发展的理论新枝。(2004-5-2，第124—125页)

跨异质文化与跨文明

【本组摘录以"跨异质文化与跨文明"为题，主要包括"从跨文化到跨文明""跨文明的异质性""'异'的可比性""变异学与跨文明研究"等内容。】

这些年来，我一直在关注着比较文学学科理论的建设。1994年，我从美国哈佛大学访问讲学回国之后，即撰写了一系列论文，提出了我初步的看法，其中发表于《中国比较文学》1995年第一期的《比较文学中国学派理论特征及其方法论体系初探》一文，为跨越异质文化的比较文学新的学科理论勾勒了一个初步的轮廓，以后又连续发表了有关失语症重建中国文论话语异质性等一系列文章，在学术界引起了热烈讨论。这些论文，表面上看起来互不相关，其实在我的心中它们是一致的，即皆是探讨跨异质文化的比较文学学科理论，探讨中国与西方，及东方与西方异质文化的碰撞、交流、对话、融

会之途,为建立跨异质文化的比较文学学科新理论,将比较文学研究推向新阶段而探路。(2001-Z-3,第565页)

自当代中国比较文学复兴以来,中国学者吸取中外比较文学研究经验和教训,既不囿于"影响研究"的据实考证,也不满足于"平行研究"所引导的"西方中心主义"式的比较研究,努力探索一种跨越东西方文化的文学比较,以达到各民族文学之间的理解和融通,并在相互的尊重、交流、对话中,认识各民族文学的独特个性,进而探寻人类文学创作发展的规律。在20世纪90年代中国学派的倡导中,中国学者更是明确把跨文化比较研究作为学科理论的基础,并主张在总结近百年中国比较文学丰富的实践经验和理论方法的基础上建立自己的方法论体系。(2001-Z-3,第15页)

可以预言,[……]跨越东西方文化圈的文学比较研究,必将把全世界的比较文学研究推向一个新的高度和境界。[……]比较文学研究的发展史几乎就是制造"圈子"(定义)与冲破"圈子"的历史。随着一个个圈子的被冲破,比较文学研究的范围越来越开阔,比较文学研究的视野越来越宽广。这种开放性,这种以国际性胸怀和眼光来进行的跨越文化界限的文学研究,正是其他文学学术研究所不能代替的比较文学的最基本特征。正如勃洛克所说:"比较文学就其本质而言,是广阔的,开放的";"比较文学主要是一种前景,一种观点,一种坚定的从国际角度从事文学研究的设想";"比较文学家确实是专攻国际文学的学者"。[①] 当然,这并不意味着比较文学是完全随意的。比较文学的学科理论,必然从法国学派的"影响研究"走向美国学派的"平行研究"和"跨学科研究";而现在,比较文学学科理论又迈上了一个新的台阶,进入了一个崭新阶段,这就是以国际性的胸怀和眼光来进行"跨文化研究"的中国学派。(2001 – Z – 1,第15页)

几年前,笔者把比较文学中国学派的理论特征归纳为"跨文化研究",或者准确地说是"跨中西异质文化研究",并认为它是比较文学中国学派的生命泉源、立身之本和优势之所在,是中国学派区别于法国学派和美国学派的最基本的理论和学术特征。在2002年8月南京召开的"中国比较文学年会暨国际会议"上,笔者在大会发言中明确提出:现在我们要把这个"跨文化"改一改,改成"跨文明"。为什么要作这样的改动?这样改动不是简单的术语更换。而是出于两个方面的考虑。其一,

---

[①] 勃洛克:《比较文学的新动向》,干永昌等选编《比较文学研究译文集》,上海译文出版社1985年版,第196—198页。

"跨文化"往往容易被误解或被滥用。在当今之世"文化"被赋予的含义太多太广，其定义不下百种之多，而且，如今什么都要冠以"文化"二字，以显其时髦。与此同时，"跨文化"也会产生误会，因为同一国内，可能会有若干种不同的民族文化和地域文化，如中国就有巴蜀文化、齐鲁文化和楚文化等等；同文明圈内，也有多种不同的文化形态。比如法国文化、德国文化、英国文化和美国文化，等等。尽管笔者一再强调是"跨异质文化"，但人们的理解因为受限于"文化"这一语词的上述认知，与我们的讲法有很大距离。其二，我们今天所处的是一个文化转型和调整的重要时刻，全球化的浪潮日渐高涨，民族化的要求呼之欲出，不同文明之间的冲突、交流、对话与相互理解成为日益显在的生活事件。在这样一个文明交汇、分化和重组的历史时刻，我们如何抓住机遇，通过跨文明研究，促进比较文学学科理论的转折与建构，达到重构新的理论体系，振兴中华民族文化，促进世界文明共存共荣的目的，这是时代赋予我们的神圣使命。基于这两点，笔者认为跨文明比较文学研究，简称"跨文明研究"，是21世纪中国比较文学研究最基本的理论特征和实践指南。（2003-5-1，第81页）

怎样通过比较文化来深化比较文学研究，并进一步推进比较文学学科理论的进展？我的主张就是"跨文明"研究，尤其是跨越东西方异质文明的研究,这将是比较文学从危机走向转机的一次重大突破,[……]特征何在?显然,最显著、最突出的就是西方与东方的交际、交汇,是由原来一统天下的西方文明,变为西方文明与东方文明重新开始互识、互证、互补,并共同创造一个多元文化交汇的新时代,创造一个可能在东西方文化的真正交融之中走向又一高峰的时代。(2002 – Z,第7页)

在西方比较文学学科理论中,由于欧美各国同属于西方文明圈,跨异质文明不可能成为问题的焦点。而中国比较文学从一开始就必然和必须面对跨异质文明问题,随着时间的推移,这个问题日益突出,不解决这个问题,中国比较文学既无法真正解决浅层次的比附问题(俗称 X + Y 研究),也无法真正解决中西文化与诗学对话等深层次问题,更无法摆脱学科发展的困惑与茫然的危机。(2002 – Z,第463页)

比较文学这种跨越东西方异质文化的"跨文明"研究,是比较文学研究的又一个新阶段。是继比较文学学科理论第一阶段,即法国学派"影响研究"和比较文学学科理论第二阶段,即美国学派"平行研究"之后的又一个比较文学的新阶段,即以跨东西方异质文明研究为特征的比较文学学科理论的

第三阶段。(2002-Z，第10页)

整个比较文学发展的一个基本特征和事实，就是研究范围的不断扩大，一个个"人为圈子"的不断被冲破，一堵堵围墙的不断被跨越，从而构成了整个比较文学发展的基本线索和走向。早期的法国学派，关注并执着于各国影响关系的研究，然而随着比较文学和世界文学的发展，随着文学视野的扩大，已不可能再将比较文学拘囿于"事实影响"的小圈子里了，美国学派竖起了无影响关系的跨国和跨学科的平行研究大旗，取得了辉煌的成绩。然而，随着时代的前进，比较文学已经面临着一个跨文化的时代，面临着东西方异质文化的跨越问题。著名比较文学家雷马克曾对比较文学的跨越有一个十分形象的比喻："国别文学是墙内的文学研究，比较文学越出了围墙，而总体文学则居于围墙之上。"① 如果我们同意这种"围墙"比喻，那么可以说法国学派和美国学派已经跨越了两堵"墙"：第一堵是跨越国家界线的墙，第二堵是跨越学科界限的墙。而现在，我们在面临着第三堵墙，那就是东西方异质文化这堵墙。跨越这堵墙，意味着一个更艰难的历程，同时也意

---

① 雷马克：《比较文学的定义和功能》，干永昌等选编《比较文学研究译文集》，上海译文出版社1985年版，第220页。

味着一个更辉煌的未来。(1995-1,第20—21页)

亨廷顿所说的"文明的冲突"的现象，显然忽略了不同文明之间的相容性，但从某个意义上说，不同文明的交流与共处。实际上就是我们这个时代从事学术研究的历史语境是我们今天观照世界、思考问题的一个基本出发点。虽然亨廷顿是从政治学的角度来阐发他的观点的，但对我们所从事的文学研究而言也同样具有很深的启发意义。亨廷顿的观点中至少隐含着这样的话题：不同文化体系的人有不同的生活和思维方式，有不同的感知与表达世界的方式。文学作为各民族情感的独特书写方式，作为各民族文化的独特记载方式，成为我们理解不同文明的区别和差异的重要窗口。那么。对异质文明之间话语问题的研究、对异质文明的文化探源、对异质文明间文学的误读和沟通问题的研究、对异质文明间文学与文论互相阐释问题的探讨，这些正是全球化时代为比较文学研究者提出的新的课题，跨文明比较文学研究。正是中国比较文学学者呼应历史的感召、探讨不同文明之间的共处与相容理论，从而跨入比较文学第三阶段的重要的理论武器。(2003-5-1,第82页)

在跨文明研究中，首要的是跨文明对话，只有通过对话才能加深对自我身份的确认和对"他"文明特性的理解，才能对中国传统文化进行创造性的转化，才能融汇中西，创建出既有民族风格又有时代特色的独特的文学理论话语体系，也才能缓解文明的冲突，促进异质文明间的理解与合作。在跨文明对话中，"拿来主义"和"送去主义"同样重要，同样不容忽视。鲁迅先生在20世纪20年代提出的"拿来主义"，是建立在民族救亡图存、社会振衰起敝的基础之上的，反映了一代学者渴望复兴中华文明而不得不"别求新声于异邦"的时代吁求。"拿来"不是"送来"，而是根据自我的需求有选择的引入；"拿来"只是手段，不是最终目的，最终目的是为了实现中华文明的再造与新生。在"拿来"的过程中，异质文明间的互照互释、对话沟通是必要的。应该说鲁迅先生提出的"拿来主义"，如果我们使用得当的话，是有利于中华文明的重建与复兴的。只是因为一段时间以来，我们在"拿来"的问题上出了偏差，逐渐偏离了最初的航向，"拿来主义"最后变成了"照搬主义"，在一味地照搬西方中我们渐渐迷失了自我，丢失了自己的文化规范和理论话语体系，这样，我们不得不接受文论"失语"的命运，我们不能不陷入在当今世界文论界完全没有我们中国的声音的尴尬境地。我们悠久的文明传统被自己悬置已久，无法与其他文明进行实质性的对话，无法被世界正确的认识，这是一个令人哀痛的事实。（2003-5-1，第83页）

跨异质文化与跨文明

跨文明对话的另一种方式是"送去主义"。"送去主义"是季羡林先生近年来大力倡导的文化主张,季先生指出:"今天,在拿来的同时,我们应该提倡'送去主义',而且应该定为重点。为了全体人类的福利,为了人类的未来,我们有义务要送去的"①。季先生的这一段话是具有远见卓识的,它准确地洞察到这样的事实,那就是,全球化时代给中华文明再度兴盛、重新在世界文化的建设中扮演重要角色带来了良好的契机。我们必须抓住这一契机"有目的有计划的把中国文化的优秀成果送到西方去,以弥补中西文化交流上的不平衡状态之缺憾"②。那么,如何"送去"呢?当然不是说把我们的古代典籍一本本的抱进西方的图书馆就完事,也不只是将我们的"四库全书""诸子集成"翻译成外文就大功告成,而是要通过跨文明的对话,在中西两种话语的互释互证、异同比较中找到一条既能让西方人理解,又能准确传达我们的文化精髓的途径,使中华民族几千年的灿烂文明真正为世界各国人民所了解、所认识,从而在世界文化的建设与发展中发挥更大的作用。(2003-5-1,第83页)

---

① 季羡林:《〈东方文化集成〉总序》,季羡林、张光璘选编《东西文化议论集》,经济日报出版社1997年版,第11页。

② 王宁:《全球化、本土化和汉学的重建》,《东方丛刊》1999年第1期。

倡导"和而不同"的一些学者,没有认识到"和"的前提是"不同"。而我们当前的文论话语并没有什么与西方"不同"之处,我们的比较文学学科理论,也没有多少与西方不同之处。"和而不同"需要有"不同"作基础,在"不同"之后才有"和"的问题。盘点第三世界的文化现状,我们不觉会生出叹惋:因为近百年来一直在追模西方文化,所以自身拥有的文化特色正在逐步消殒。既然没有对自己的传统文化进行现代转换,当下的理论话语与文化形态在绝大多数层面都与西方相同,我们拿什么跟人家"不同",进而要求人家"和"呢?(2003-3,第6页)

我现在倡导比较文学中国学派,其实正是倡导"不同";我们强调"失语",正是为了建立"不同"的话语;我们提出的跨文明研究,希望通过此种研究重建中国文化规范和文论话语,目的就在于将中国传统文明和文论进行现代转化,让它们恢复生机和活力,重新参与我们的思维重建,参与世界文明的对话和交流。这种传统文明和文论的现代转化,既不是"复古",也不是"欧化",而是于"复古"与"欧化"之外,又不脱离古代传统和西方资源的理论创造。文化建设"最重要的是要拿出实绩来",只有当我们拥有了自己富有独特个性和价值的文化体系和文论话语，西方学人才可能对你刮目相看，而我们也才可能将"和而不同"的文化理想真正转化为现实。(2003-3，第7页)

　　跨文化比较研究最关键之处就在于对东西方文化异质性的强调。所谓的异质性，就是从根本质地上相异的东西。就中国与西方文论而言，它们代表着不同的文明，在基本文化机制、知识体系和文学话语上是从根子上就相异的（而西方各国文学则是生长于同根的文明）。这种异质文论话语，在相互遭遇时，会产生相互激荡的态势，并相互对话，形成互识、互证、互补的多元视角下的杂语共生态，并进一步催生出新的文论话语。但是，如果我们不能清醒地认识并处理中西文学的异质性问题，就很可能使异质性相互遮蔽，而最终导致其中一种异质性的失落。在比较文学发展的前两个阶段，学者们都忽略了或有意遮蔽了东西方文化的异质性，因而形成了长时期的东西方文化和文论的隔膜，造成了东方文论异质性的丧失，比较文学研究无法真正具有世界性。在如今比较文学发展的新阶段，我们特别强调文化的异质性问题，可以使比较文学研究从法国学派和美国学派人为制造的一个个圈子中超脱出来，使之成为真正具有世界性眼光与胸怀的学术研究。
　　首先，跨异质文化的比较文学研究突破了法国学派和美国学派二元对立的思维模式。比较文学的法、美学派，往往都从科学主义的立场出发，并先验地在心理动机上确立了欧洲或西方文学具有普适性价值的认知模式，因此，无论是法国学派的"国际关系史"的划分，还是美国学派的"文学性"标准的建立，都是从中心/边缘、文明/野蛮，或主体/客体、本质/现象等二元关系来进行文学比较研究，并以此对东方异质文化进行遮蔽的。也正因为如此，法、美比较文学都不可避免地陷入了矛盾与悖论之中。而跨文化比较研究主张从二元世界到多元世界，从科学世界到生活世界，从规律世界到意义世界；认为比较文学是一个没有中心的多元文化场，在文化与文化之间没有主/客之分和中心/边缘之分，任何文化方式都具有存在的合法性和主体地位，相互之间只有平等的交流和对话才是正常的关系。

其次，跨异质文化的比较研究拓宽了异质文化间文学比较的路径。比较文学法、美学派热衷于求同的研究，把类同性作为比较文学存在的基础。这正是造成比较文学长期限于西方文化圈子和一次次危机的一个原因。而跨文化比较研究以多元文化的视野，从既成的文化形态出发，把异质文化各自的基本价值范式作为评价自身文化现象的基础，强调辨"异"的重要性。也就是从异质文化文学表述形式的异处着眼，去发掘不同文学传统各自存在的根基，并以此作为解析文学经验与文学现象最内在的根据。如此一来,所谓世界文学"共相"的探寻,就是以根本"模子"的相异为参照,去统合各异质文化文学中可以汇通的各种因素,而不是把西方文学及其理论视作东西方文学共有的典范,并以此作为非西方文学归顺、"臣服"的依据。从主要以同质文化圈中的求同扩展到异质文化间的求异,无疑扩展了比较文学的研究范围,并为异质文化的沟通建立了桥梁。

再次,跨异质文化的比较文学研究有利于新文学观念的建构。在当代文化语境中,文化的趋同化与多元文化的共生、互补都在并行发展,而在多元文化的交流、融汇中寻找新的文学观念生长点,是一种积极的文化态度。在日益迅猛的全球化大潮中,西方文学观念往往会借助于强大的经济与文化力量强调自身的重要性、普适性,并迫使非西方文学同化。对异质文化与文学比较的充分重视,一方面可以使非西方文化与文学不至于走向简单趋同的道路,另一方面可以抵制西方文化与文学在技术主义影响下日趋单一化、工具化的态势,从而在多元文化的语境中建构起生气蓬勃的新文学观念。

总之,只有进行跨异质文化的比较文学研究,才能从根本上改变西方霸权话语一家"独白"的局面,使比较文学成为异质文化间平等的、开放的和有"交换性"的对话。(2001-3,第14—16页)

在全球化的大背景下,随着中国、印度等第三世界国家在经济、军事方面的崛起,国家文化软实力的提升,世界进入一个多元文化交往日益频繁的时代。而国际形势与学术研究是紧密相连的,世界格局的变化必然可以在学术研究的前沿问题上体现出来,比较文学作为一门跨越性很强的学科,自然也不例外。[……]在东西方文明的碰撞中,文明的异质性凸显出来,当今的比较文学也面临一个重要问题,即不同的文明是否具有可比性?(2016-1,第8页)

法、美学派的比较文学研究以往多是同在以古希腊—罗马文化及希伯来圣经文化为根基的西方文明圈内部的比较,对于不用文明之间的比较则鲜有观照。然而,要践行比较文学的世界性和国际化的宗旨,实现真正多元的"总体文学",必须要正视跨文明研究的问题。"总体文学"关注各国文学的共同发展问题,是比较文学理论体系一个有机组成部分,暗含了比较文学研究的世界性胸怀和学科目标。基亚等法国学者批评"总体文学",对"世界文学"表示了不满,美国学者则以"总体文学"突破了以实证性影响研究的停滞局面。然而,即便如此,如果说法国学派的看法实质上是一种以欧洲为中心的文化"沙文主义",美国学派这种拒绝把东西方文明的文学放到同一平面进行全面研究，忽略东西方异质文明差异性的做法则依旧是一种"欧洲中心论"思想的延续。(2016-1，第8页)

到了20世纪90年代，比较文学又陷入了"泛文化"化的泥潭，文学研究大有被文化研究湮没之势，比较文学在学科理论和方法论方面似乎是"一头雾水"。在这种困境下，中国学者提出了比较文学"跨文化"的问题，主张重视异质文化间文学差异性的比较。这一方面使比较文学从法、美学派制造的以欧洲为中心的文化场转向一个没有中心的多元文化场；另一方面又拨开了"泛文化"的迷雾，使比较文学重新稳定在文学这一中心点上。"跨文化"比较研究是中国学者在丰富的实践经验和总结西方理论得失的基础上明确提出的。[……]文明之间的异质性关系到根本性的思维模式和价值规则，异质性是跨文明研究的一个内在特征，因此，跨文明和异质性成为中国学派理论体系中的两大关键要素，跨文明扩展了可比性的疆界，异质性充实了可比性的内容。(2016-1，第8—9页)

在充分肯定同源性和类同性"同"的可比性基础上，变异学从差异性的视角。垦拓出"异"的可比性天地。异质性蕴含了不同文明的文学在交流中的变异性，变异学既承认不同文明的文学共通的"文心",又承认不同文明的文学的异质性和变异性;文明的可通约性为比较创设了条件,文明的不可通约性让我们发展异质性,并在尊重异质文明文学对话平等性的前提下,达到文学的互补。须知,类同处愈多,亲和力愈强;差异性愈鲜明,互补的价值愈重大。我们研究异质性和变异性也是为了实现世界文学的交流与融合,达到异质互补。中国学者提出的变异学是比较文学学科理论的一个重大突破,它强调差异也可以比较,打破了法、美学派关于可比性的求同思维,将变异性纳入了可比性的研究范围。在比较文学中国学派的学科理论体系中,异质性是可比性的根本特征,变异性是可比性的核心内容。(2016-1,第11页)

由互补性而达到的总体性原则可以说是对比较文学发展的最高层次的探索,也可说是对比较文学诞生初衷的最彻底回归。无论不同文化之间的文学创作和文学理论表现出怎样的差异,它们都是一种审美,一种对于文学艺术审美本质的共同探求。因此,在以跨文明研究为特征的比较文学第三阶段中,可比性就具体体现为在同源性、变异性、类同性和综合性基础上,从总体文学的角度对不同文明间异质性及其互补和融汇途径的进一步寻求。(2006-7,第103页)

比较文学作为一门学科自诞生以来就一直存在"名实"之争,且在不同发展阶段有不同的内涵。法国学派倡导"国际文学关系史",甩掉备受攻击的"比较"二字,将重心倾注在文学史的实证性研究上,仅仅着眼于"事实联系"或"因果关系",否认平行研究,缩小了比较文学研究的范围。美国学派在批评这一自我设限之举时,提出了平行研究和跨学科研究方法,但没有跨出文明之界限,只是在单一的西方文明内部进行文学比较。俄苏学派对这种西方中心论进行了批判,并倡导研究世界文学类型,为比较文学的发展指出了新的方向。随着比较文学在中国的迅速发展,中西不同文明背景下的文学比较逐渐成为一个不可回避的中心问题。异质文明之间的可通约与不可通约之处是比较文学"可比性"的关键。中国学派在积极总结前人研究成果的基础上,提出了异质性和变异性的比较文学可比性观念,倡导异质文明之间的文学对话与诗学比较,进一步丰富和拓展了比较文学的研究领域。(2015-2,第1页)

文明本来没有高下优劣之分,应当平等交流互鉴。而以英美为首的西方奉行西方中心文明观及历史终结论,将西方文化视作世界文化的中心。应当终结的正是这种错误的认识。历史事实显示,文明是平等的,文明是交流互动的,文明是人类智慧共同构成的，当今的文明，没有哪一个不是在交流互鉴中形成的。为此，应当以史为鉴，破除错误的西方中心文明观，努力建构全球化语境下世界多元文明新格局。加强异质文明的对话交流、互鉴交融，打破各种文明唯我独尊以及闭关自守的状态，倡导各个文化跨越文明圈的藩篱，在与其他文化"互照互省"中形成人类命运共同体的文明自觉，这样建构的世界文明格局才能真正实现世界文化的横向融合与繁荣进步，在各种文明交融互促中共同构成异彩纷呈的文明画卷。（2019－26，第44页）

中国学者自踏入比较文学领域，本质上便与欧美同质文明圈中的比较文学研究有所区别，他们面对的不仅是语言的差异、流传媒介的信息错落，更是在不同文明的立场上的冲撞与思考。这恰如文明的冲突在世界政治、经济格局中的体现，汤因比（Arnold J. Toynbee）在其著作《历史研究》（*A Study of History*）中批评了"统一文明论"的观点，认为自我中心、东方不变、直线进步都是不符合真实情况的理论，汤因比从种族论及环境论区分了世界历史中存在的21种文明，进而明晰了文明之间的差异性，"有的以艺术见长，有些以宗教见长，有些则以工业文明见长"①；有衰落的文明，也有停滞、生长或新生的文明，文明之间的共性和"不可通约性"是必然存在的。若强势地推进文明霸权，将会出现世界性的极端事件或悲剧发生。而若在平等和谐的交流境况中，在尊重文化观念的差异下进行对话，新的文化基点、适应全方位的政治、经济等诸方面的新理念将会应势而生，如"中国崛起"这一曾被世界讨论的议题，这一曾被外方媒体误以为"中国威胁论"的观念在当下中国一系列合作共赢、追求世界和平发展的实质性举措中正悄然转变。同时，在文化层面也迎来了新时代的变化，恰如亨廷顿在1993年夏于美国《外交》杂志上发表题为《文明的冲突》一文，引起了国际学术界的普遍关注和争论。作者从冷战后的世界政治格局推究其间冲突的根本主宰不再是意识形态，而是文化方面的差异，是"文明的冲突"，这一观点对中国学者的影响颇深。中国文明是世界古老文明之一，其人对其文明的独特性和成就亦有清楚的认识，自然在思考问题时常从文明的角度审视，亨廷顿的"全球政治开始沿着文化线被重构"将人们的核心认同向文化转移，他所呼吁与关注的并不是他著作所书写的冲突，而是在其中文版序言中所说："我唤起人们对文明冲突的危险性的注意，将有助于促进整

---

① 汤因比：《历史研究》，曹未风译，上海人民出版社1959年版，第41页。

个世界上'文明的对话'。"① 在新儒家代表杜维明的著述《文明的冲突与对话》中亦明确了多元文明观，并针对列文森在《儒教中国及其现代命运》一书中所断定儒家传统业已死亡的这一结论，在此后的学术研究中致力于儒家思想领域、儒学传统对于世界现存文明共性的探索与现代转化建设。对于比较文学学科而言，意识到差异性并非难事，但尊重差异性却是需要长时期的实践，以实践成果证明这一理念的丰富学术价值。中国话语的提出进一步构成比较文学学科的多元性，中国学者在此领域所提出的变异学亦是以多元文明的基本观点，在明晰文明的共性下将关注点侧移至差异性，此一建设性理论也将予西方学者以提示，在东西方跨异质文化的研究中，文明、文化的差异需提到研究观念的前提准备之中。（2020–1，第15页）

为什么中国学者早期的比较文学研究会出现"失语"的问题？原因之一是中国学者直面了跨文明的局面，而以往"求同"的理论方法并不能适配跨文明情况下出现的异质性与变异性。比较文学变异学的提出，目的就在于扭转西方比较文

---

① 塞缪尔·亨廷顿：《文明的冲突与世界秩序的重建》，周琪等译，新华出版社1998年版，第3页。

学理论中对"同"的过分依赖，试图以"求异"扩大比较文学的研究视野、真正推进研究的深入，在文学横向发展的研究中探寻横向变异的规律，解决原有理论因缺乏"求异"的理论话语而无法适应跨文明研究的矛盾。（2020-3，第6页）

变异学在人类文明横向发展中关注的不是冲突，而是交流互鉴，并将变异作为人类文明交流互鉴的规律，具体来说，这一规律有以下三个特征。

首先是变异的平等性。变异学尊重跨文明的异质性与变异性，认为各文明是平等的。当今世界各国国力虽有强弱之分，但是人类文明无高下优劣之别，每种文明都是独一无二的，这种独特性本身就值得被尊重。即使不同文明之间存在影响关系，也不能因此形成某种中心主义，形成"等级"与"秩序"的观念。被称为"五山文学"的日本禅僧汉文诗，并不因其以汉字书写而成为中国文学的附庸；"垮掉派"诗人加里·斯奈德的诗歌也不会因其明显的中国影响而丧失自身独特的价值；海德格尔的哲学更不会因其与道家思想的渊源而被视为中国哲学的派生。它们都是各自文化土壤上受中国文化之水浇灌而产生的果实，都丰富着世界文学、思想的样态。同样，在现代政治、经济环境中，各国对西方文化的接受也不能成为西方视自身为"优等"的理由。变异学认为，一方面，"同源"与

"类同"无法抑制"异质"与"变异"的价值;另一方面,每种文明都无须以牺牲自身独特性为代价来换取虚假的认同,因为被迫的认同必定是短暂的。欧洲科学院院士西奥·德汉评价变异学"将比较文学从西方中心主义方法的泥潭中解脱出来,推向一种更为普遍(unversal one)的理论"[1],去中心化的、普遍的变异学也将改变西方中心主义的文明观。

其次是变异的对话性。变异学坚守跨文明的异质性与变异性,认为其带来的是对话而非对立,更非对抗。在对文学、文化、文明横向发展的研究中,韦斯坦因认为不同文明的文学因"异"而不可比,亨廷顿认为不同文明之间因"异"而发生冲突,他们只认为"同"是对话的基础,而拒绝、回避关于"异"的对话。虽然亨廷顿解释说唤起"对文明冲突的危险性的注意,将有助于促进整个世界上'文明的对话'"[2],但"求同"的对话能在多大程度上深入"话语"层面而又有效避免"失语症"的问题呢?实际上,"异"更能推动对话的深入,搁置了"异"的对话很难达成真正的交流。杜维明指出:"对话主要是了解,同时自我反思,了解对方,也重新反思自己的

---

[1] 王苗苗:《"中国话语"及其世界影响——评中国学者英文版〈比较文学变异学〉》,《比较文学与跨文化研究》2018年第2期。
[2] 塞缪尔·亨廷顿:《文明的冲突与世界秩序的重建》,周琪等译,新华出版社1998年版,第3页。

信念、自己的理想有没有局限性。"① 对话是为了相互参照和相互学习,是为了了解各自的缺失,并为对方的缺失提供自己独特的具有建设性的观点,只有关于"异"的对话才能达到这样的目的。"对话的最后是'庆幸多样'(celebration of diversity),多样性是值得庆幸的","所谓的大同,严格地说就是不同"②,只有"异"才能获得多样性,以不同成就大同,这就是"和而不同"(《论语·子路》)。大卫·丹穆若什认为变异学"一方面超越了亨廷顿式简单的文化冲突模式,另一方面也跨越了同质性的普遍化"③,这两方面都要依靠跨文明的异质性和变异性对话。

最后是变异的创新性。变异学强调跨文明的异质性与变异性,认为其最终可以促进人类文明的创新发展。变异学视人类各文明处于平等的地位,主张在保持文化个性与特质,并相互尊重异质性的前提下进行对话与交流。更重要的是,变异学发现了蕴含在交流之中的创造性,肯定变异的价值,就是肯定了这种创造性。由此变异学进一步揭示了文学、文化创新的规律

---

① 杜维明:《文明对话的发展及其世界意义》,《南京大学学报》(哲学·人文科学·社会科学版) 2003 年第 1 期。
② 杜维明:《文明对话的发展及其世界意义》,《南京大学学报》(哲学·人文科学·社会科学版) 2003 年第 1 期。
③ 王苗苗:《"中国话语"及其世界影响——评中国学者英文版〈比较文学变异学〉》,《比较文学与跨文化研究》2018 年第 2 期。

和路径，这是变异学又一个重要的收获。比如厄内斯特·费诺罗萨不求系统而严谨地论述汉字体系，而单纯突出象形字的图画性，以此表明自己的诗学理解，揭示中国诗歌之美，这已然不是汉字的原貌。庞德则又更进一步，对汉字进行了大胆的想象和意象拼接式的阐释，推动了意象派诗歌的发展。可以说汉字经历了一个被误读的过程，但这也是一个被再次创造的创新过程。翻译问题亦可由此观之，虽然译文有可能与原文相龃龉，但也不能否认创造性叛逆的积极作用，"世界文学是在翻译中发生了变异的文学，没有翻译的变异，就不会有世界文学的形成"[①]。甚至可以认为，中国现当代文学的产生和发展，就受到了翻译文学的巨大影响。"和实生物，同则不继"（《国语·郑语》）从反面说明了"通变则久"的道理，"异"比"同"更加具有发展潜力。人类文明在交流互鉴中相互启发、自由变异，实现创新发展，这正是人类文明共同繁荣的必经之路。（2020-3，第8—9页）

[①] 曹顺庆：《曹顺庆：翻译的变异与世界文学的形成》，《外语与外语教学》2018年第1期。

学科建设与人才培养

【本组摘录以"学科建设与人才培养"为题,主要包括"教材编写""学科建设""人才培养""学术发展"等内容,体现了作者对文学教育发展的关注。】

目前高校中文学科课程设置主要存在的问题是:多、空、旧、窄。

所谓"多"是课程设置太多,包括课程门数多、课时多、课程内容重复多。[……]我认为应当"消肿"。即适当减少课程门数、减少课时。可根据课程分类制定恰当的比例。

对于课程内容"空"(空洞)的问题,许多人颇有感触,认为我们现在的课程,大而化之的"概论""通论"太多,具体的"导读"较少,导致学生只看"论",只读文学史,而很少读甚至不读经典作品就可以应付考试,以致空疏学风日盛,踏实作风渐衰。[……]建议增开中国古代原典(《论语》

《老子》《孟子》《庄子》《史记》等）导读，减少文学史课时，教材搞简单一点，集中讲授，不要什么都讲。应倡导启发式教育，要让学生自己去读原著，读作品。

所谓"旧"，指课程内容陈旧。[……]应积极建议有关部门组织一批专家教授编写一批适应 21 世纪人才培养需要的高质量的新教材，并做好新教材的使用和推广工作。

所谓"窄"的问题，也是一个亟待解决的问题。中华人民共和国成立以来，高校学科越分越细，专业越来越窄，培养了很多精于专业的"匠"，却少有高水平的"大师"。[……]拓宽知识面，文史哲打通来培养，确有好处，但要防止宽泛而不厚实，只博而不专。（2000 - 21，第 42—43 页）

中国国内现有的世界文学史（外国文学史）教材，大都存在着这样几点不足之处：第一，存在着严重的欧洲中心的偏向；第二，只谈纵向历史发展，缺乏横向交流和互相影响的论述，形成了跛足的文学发展史；第三，缺乏世界文学的整体感，无法让读者对全世界文学有一个全面完整的概念；第四，缺乏中外文学的对比和参照，不能将中国文学融入整个世界文学发展潮流之中，让人在对比和参照之中来深刻认识中国文学的价值和痼疾。（1991 - Z，第 704 页）

之所以要提出重写中国文学概论，是因为在当前的文学概论书写和教学中仍然存在着相当严重的"西化"倾向。从基础教育到大学课堂，西方文论占据主导位置，学生们对现代主义、后现代主义津津乐道，而对中国的"文气""风骨""春秋笔法"等特有的艺术精神却一知半解。学生们面对着层出不穷、琳琅满目的文学概论教材读得不少，然而却没能形成对中国文学，尤其是对中国古代文学的良好的认知习惯。在解读文学作品时，有两种现象是极为普遍的，一种就是缺乏创新性，学生们总是按部就班地套用已有文论教材中的西式话语去解读中国作品，如用浪漫主义为李白定性，用现实主义为杜甫正名。另一种情况就是满足于用西方的时髦理论来标注中国文学经典，如用弗洛伊德的理论来分析《孔雀东南飞》中的焦母，用结构主义分析中国古代的诗歌。当前的文学概论已变成了西方理论的传声筒，长期不能正确指导大学的文学史与文学理论教育和学生的文学批评实践。如此这般教育之下的"莘莘学子"又怎能产生学贯中西的文学大师？而导致这种教育现状的深层原因，不能不从文学概论教材历史沿革中所暴露的基本问题着手。（2007-3-3，第72—73页）

从国内比较文学学科发展现状来看，现有的比较文学学科理论体系还存在着一些明显的问题。突出的一个问题就是许多比较文学教材的体例是将法国学派的影响研究与美国学派的平行研究与跨学科研究综合起来，有些著作还包括了"跨文化研究"或者是"跨文明研究"的第三个板块。这种历时性的带有学科史色彩的比较文学学科著作是具有很多缺陷的，导致了比较文学的一些基本范畴和研究内容无法在这种条块分割的比较文学体例中得到贯通。确实，这种将比较文学研究三个阶段研究范式简单相加的著述体例，是没有办法将比较文学研究推进到一个有稳定的研究领域和研究内容的学科体系的。(2005-Z-1，第2页)

对于教学工作者来说，需要历史地、辩证地看待比较文学的学科发展历史，既要认识到不同学派的学科理论产生的经济社会基础以及由此形成的学科特点，又要把握不同学派学科理论蕴含的普遍意义。对于教材提出的新锐观点，需要在授课过程中多注意结合案例分析讲解。要采用开放性的视野，以启发性教学为主导，引领、协助学生以跨国、跨学科、跨文化的眼光理解世界文化与文学，更好地认识当代经济全球化与文明多样化背景下的文学与文化研究，为培养既坚持马克思主义基本观点立场又具有创新精神的人才做好储备。(2015-12)

我们回溯中国文学概论教材编写所走过的道路，不难发现这几十年来我们并没有实实在在地将中国文论富有生命力的话语方式真正书写进当今的文学概论,与之相反,无论是俄苏模式还是西方模式,我们几乎是从最初的"拿来"和借鉴吸收一步一步走向了全盘照搬的窘境,这种崇人抑己的局面直接导致了我们当前的文学概论编写和教学的恶性循环,丧失掉自己的主体性,遗忘了自己的文化本根。由于当今学者和学生都是这套具有明显文化偏差的话语模式培养出来的,因而"失语症"痼疾难除,积重难返。要改变"失语"现状,必须改弦易辙。(2007 – 3 – 3,第 74 页)

文、史、哲以及文化学、社会学、人类学等学术分工有它的合理性,但这些学科的过分分割则会对这些学科本身造成巨大伤害。文、史、哲当代的专业化则可以说集中体现了社会分工的弊端。学术的现实意义、终极价值等问题,这本来是我们研究比较文学、文学理论也应该思考的问题,但它却因为学科的划分而被我们大多数人排除在思考和研究之外。这样,我们的文学理论和比较文学很多问题以及应有的展开就被遮蔽了,从而表现出局限性。(2003 – 5 – 2)

文学性是文艺学建构学科理论的逻辑核心。

由于该学科理论预设的局限,自 20 世纪中期以来,文学终结论、比较文学消亡论和文学理论、美学乃至理论的终结之声不绝于耳。

最严重的问题是：如此建立的文学理论的知识体系已从它和生活世界、文学实践的血肉关联之中疏离出去，它不再同活的生活世界直接相关，甚至不再同当代社会的情绪表达、精神关切直接相关。由于如此，文学理论日益成为一种知识学的研究对象而只在小圈子里被谈论。在当代社会，有影响力、有思想含量的谈论都不是关于文学性的谈论。

另外，作为学科理论的逻辑核心，文学性概念又绝不是可以随意丢弃的，因为丢弃或者更改都意味整个学科理论的坍塌或失度，它将失掉现代西学之谈论文学的全部分类学背景和逻辑预设，使以文学、文学性为核心的知识话语、概念与语词家族丧失意义边界，甚至使理论对文学相关性的思考难以命名、成思和成言。（2003－1，卷首语）

不读原文（包括古文原文与外文原文），大大地伤害了学术界与教育界，直接的恶果，就是空疏学风日盛，害了大批青年学生，造就了一个没有学术大师的时代，造成了中国文化与文论的严重失语，造成了当代中国文化创新能力的衰减。

我大力倡导用古文（不用今译）读中国文化与文学典籍，用英文来读西方文化与文学典籍。自1995年起，我在研究生中开设了"中国文化原典：《十三经》"课程，要求研究生阅读原汁原味的中国文化原典，教材直接用阮元主持校刻的《十三经注疏》本，不用今译今注本。开始同学们都读得很艰难，但咬牙坚持下来，一年后都基本能够自己查阅古代典籍，学术功底大大加强，不少研究生进入毕业论文写作阶段后，才真正尝到了原典阅读的甜头。我还开设了"中国古代文论"课程，要求同学们背诵《文心雕龙》（起码背十篇）、《文赋》等中国文论典籍，同学们开始皆感到"苦不堪言"，但我严格要求，每个学生都必须过此关，结果效果非常好，无论是写文章，还是开会发言，同学们对中国文论典籍信手拈来，文采斐然。为了加强"西化"，从1998年开始，我直接用英文版教材给研究生开设"文学研究方法论：当代西方文论导读"，要求每位同学都必须在课堂上用英文抽读西方文论著作。经过一番艰苦磨炼，同学们感到虽然太苦，但收获良多。我的用心，就是试图做一个教学改革尝试，让同学们能读到原汁原味的东西，获得实实在在的知识与智慧，而不是大讲空论，凌空蹈虚。不是在岸上大讲游泳理论，而是让同学跳下水去学游泳，教师只是从旁边给予必要的指导与点拨。（2005-3，第90页）

不通古、不博古的问题，导致了学术研究上的狭隘风气。

它导致了不同的学科，都普遍地存在着孤立研究的倾向。研究现当代文学的人，不愿意接触古典文学。这种狭小的视野，使很多应该研究的领域，没有得到足够的研究。比如整个现当代文学史，实际上是一部残缺的文学史，几乎不收当代人写的古体诗和文言作品，是名副其实的"白话文学史"，而不是"当代文学史"，这使得学术视野和学术深度大打折扣。研究西方文学的人，只在西方作家和评论家那里打转，而没有充分利用好古典文学的丰富资源。甚至在研究古典文学的学者那里，条条框框的关门主义也很突出。研究文学的人，不研究经史；研究经史的人，不研究文学。有的把一条流动的文学史，切割成一个个独立的方块，自筑牢墙，教先秦文学的人不懂唐宋，教明清文学的人不知先秦。正如刘勰《文心雕龙·知音》中所说的，"东向而望，不见西墙"。可想而知，在此基础上的学术研究，在此基础上的培养教育，怎能不出问题。（2006-11，第19页）

不懂西方原文典籍，在学术研究上是一个普遍的现象。就中国文学研究而言，不能真正吸收外国的学说和方法，不能利用丰富的西方资源，是一个很大的损失。相反的，"五四"以来的大学者们，比如王国维、朱光潜、钱锺书等人，都已经打通了中西，从更高的视野和更大的问题意识中去研究，去思考，比较中西异同，取得了令后来学者叹为观止的成就。这种打通意识，不仅是比较文学所具有的胸怀和方法，也是任何一门学科都避之不去的方法。因为，比较的眼光和胸怀，对今天的任何学科来说，都是非常有益的。而不通西方，在一个小圈子里打转，势必导致眼界狭隘，势必影响学术研究和教学质量。（2006－11，第19页）

第一，读经并不是我们的目的，就如同学习西方也不是我们的目的一样。我们学习中国古代元典和学习西方元典，一个根本目的就是创新。请大家记住，我们读经绝不是复古，我们学习西方也不是赶时髦。以前，我们有人认为东方的就是坏，西方的就是好；中国的就是坏，外国的就是好。我们读经，其实也是为了"纠偏"。我们应该以开放的、世界的眼光，吸取前人，包括东方的、西方的全世界人类的优秀成果。

第二，读经是一种文化涵养和文化修养的体现。读经的实际功利目的恐怕不一定马上就能看得到的。一个读过经，有很深文化积淀的人，站出来就不一样。女孩子读了，淑女就出来了；男孩子读了，就有"书卷气"，就很有文化。因此读经不要有太多的功利目的，这主要是涵养、修养的问题。

第三，读经对我们现实生活也是有很多好处的，包括我们写东西、我们的谈吐。只有把文化经典与文论话语相结合，才能搞好比较文学研究。也就是说，要以自我的学术规则为主，融汇西方文化进行创新。文化经典、文论话语在当今的中国文化语境下本身就是一个比较文学的问题。因为经典的确立必须是为当下的比较文学研究和中国文化建设服务的，文论话语也同样如此。（2007-3-2，第100页）

中国富有生命力的文化规则、话语方式之所以处于边缘化的状态，被许多人认为已经死了，是由于不正常的文化教育造成的，其突出表现是不注重经典的学习和研究。目前相当多的中青年学者与学生，基本不懂原典，对传统文化经典不熟悉，一味地进行批判，殊不知批判也要建立在熟悉的基础之上，在大肆批判传统文化时却并不真正了解中国的传统文化，这正是造成"失语症"的根源。传统文化当然可以批判，但要批判它就要熟悉、了解它。可是，当今的中青年学者，大多没有读过原汁原味的"十三经"，没有读过"诸子集成"，以致形成今日极为严重的空疏学风，长期延续下来，就只能造成"失语症"。恢复传统文化规则的主导地位就应恢复对文化原典的熟悉和了解。因此，解决"失语症"的根本办法首先是加强传统文化教育，熟悉文化原典，同时也要真正懂得西方。正是基于这一考虑，近年来，笔者大力倡导用古文读中国文化与文学典籍，用英文读西方文化与文学典籍。在研究生中用阮元主持校刻的《十三经注疏》开设了"中国文化原典：《十三经》"课程，用英文原版教材开设了"文学研究方法论：当代西方文论导读"。笔者的用意就是让同学们获得实实在在的知识与智慧，而力图改变失语的现状。只要人们对文化原典熟悉到一定程度、一定规模之后，能够运用中国文化规则的人就越来越多，中国的文化规则就能够广泛运用于文学创作、文学批评以及理论建构之中，在中西融汇的基础上，达到创造的新高度。(2007-6，第81页)

"古"的东西不一定都是坏的，好的东西不一定都是不"古"的。围棋古不古？唐诗宋词古不古？昆曲古不古？京剧古不古？但很多人都很喜欢。因此，"古"的东西要看我们怎样看待。西方的确很现代，但是西方也有很古的东西，如西方古老的洗礼，这些都是古代的东西，西方都能保存古代的东西，我们中国为什么不能保存中国古代的东西呢？再如，在当今的中国，研究生毕业都要授学位，而授学位有一定的仪式，但这个仪式却是从西方学来的，不是中国本土的东西。可正是这样一个从西方学来的"现代"的东西却是西方古老传统中的一部分。那你能说现在的授位仪式不现代吗？一些研究西方文论的学者言必称希腊，满口亚里士多德、柏拉图，似乎这些都是现代的东西，殊不知，这些都是西方古代的东西。为什么我们还要学习呢？难道西方的"古"就不是"古"吗？

因此，这里有一个心理问题，那就是唯西方是从。其实，"古"的东西有精华，也有糟粕，而我们需要学习的是精华。西方的"古"也有糟粕，中国的"古"也有精华，关键在我们怎么看。如西方人对自己的《圣经》可谓了如指掌，而中国人对自己的传统文化了解多少？有些专搞古典文学研究的人甚至都没有认真读过《周易》《尚书》，搞古典的人尚且如此，遑论他人？我们不要怕别人说"复古"，如果真的能够复古的话倒是好事，因为我们找回了中华民族的根。我们所要复的"古"是精华，是有着现实意义的"古"，复古并不是我们的目的，我们的目的在于中国的当下现实，包括学术现实和社会现实。有了这个"根"，我们才能找回自己的学术规则，才能在这个基础上进一步做到创新。四川大学文学与新闻学院不仅在入学的时候要考中国文化典籍，在入学之后也开设有专门的"十三经"的课程，当然，也开设用外文讲授的"当代西方文论"课程，目的就是要学生在了解中国传统文化的基础上融汇中西，做到真正的学术创新。（2007-3-4，第149页）

中国目前的学术环境可以为青年学生和学者提供很好的保障，只是很多人可能还没有找到适合自己的路子。每个人有每个人的智慧和习惯，每个人有每个人的学习方法，就我个人的经验来说,我想,要实现学术创新必须做到以下几点:首先,必须打下坚实的基础,这不仅是学术创新的关键,也是以后走上工作岗位的关键。而如何打下坚实的基础呢?就必须做到中西皆通。但融汇中西的前提是必须是在中国自己的话语和学术规则的基础上融汇中西,做到既熟悉中国传统的东西,又熟悉西方的东西,甚至还要熟悉其他东方国家的东西,并且要将他国的东西为我所用,这才有可能做到学术创新。其次,必须有强烈的问题意识。问题意识是学术创新的一个入口。没有强烈的问题意识,就难以有真正的学术创新;没有问题意识,即使你已经融汇中西也难以做到学术创新,因为你找不到学术创新的入口。最后,学术的创新必须为中国的现实和文化建设服务,这就要求我们要培养广阔的胸怀和对社会的人文关怀,只有心怀天下,我们的胸襟才会开阔,才会在学术的领域里驰骋,实现真正的学术创新并为现实服务,这样你才是一个社会意义上的人。(2007-3-4,第149页)

大学人才培养的目标并非是把每个学生都培养成学者或作家,而是在通识教育背景下培养学生的求真务实、严谨认真的"学者精神",在专业学习基础上培养学生善于发现问题、提出问题、解决问题、归纳问题的"学者素质"。前者——学者精神,呼应着大学生应具备的人文素养;后者——对应着当代大学生应该具备的综合能力；二者的密切结合构成一个合格而优秀的大学生素质。因此，我们应该培养基础牢、多层次、宽口径的通识人才；同时，要防止无边的宽泛，既不能搞成文、史、哲再加经、管、法，辅以理、工、农的平均主义，也不能是不论专业立足点的大杂烩。理想目标应当先博后专，太宽泛了不行。在博与专的问题上，重点应注意培养学生素质，高素质的学生应当知识博雅宽广，基础扎实。有的高校为了让学生毕业后好找饭碗，增加了许多实用的课程，这种素质培养和能力提升是可以的。但是，不能因此而冲击了基础课程。就中文系学生而言，中文学科是基础学科、人文学科，应当首先立足于人文素质教育，其次才是研究能力提升。我很乐观地相信，兼具学者精神和学者素质的高素质的中文学科学生，不但适应工作面广、动手能力强、思维灵活，而且在工作岗位上更有后劲，更有发现问题，于问题中成长的潜力。（2010-34，第9页）

当代中国学术在观念上存在着某些问题，其中一个重要的表现就是把学术狭隘化、个人化，为学术而学术，把学术本身当作目的。学术不是从现实出发，不是从问题出发，而是从传统出发，沿袭和师承某种传统及其相关的问题，这样就使学术越来越远离现实，远离社会。（2003-5-2）

学科建设与人才培养

学术要对他人和社会发生影响,最重要的是要有思想,所谓"影响"从根本上说是思想的影响。对于学术,胡适的口号是"大胆假设,小心求证",过去只重视"小心求证",而对"大胆假设"重视不够,这是片面的。当今,人们把学术中的"知识失误"看得很重,一旦文章或著作中出现知识性错误,文章和著作便似乎一钱不值。我对此是不以为然的。(中略)我们提倡学术的严谨,但"严谨"不是学术的最终目的。(2003-5-2)

一种学术,如果没有理论深度,可不只是没有品位的问题,而是没有价值的问题。观点和想法人人都可以提出,但只有那些经过了充分论证,具有充分的学理根据的观点才称得上是学术。同样,一种学术,如果没有现实意义,不能解释现实问题,也是没有价值的。没有价值的学术即使品位再高,最多也只能是一种装饰。学术一旦沦为这个社会的装饰,成了文化的点缀,这就非常悲哀了。(2003-5-2)

社会科学学术评价既需要深化改革,纠正学术恶风,更需要从它的源头抓起,从根本上改变学术评价的主观标准。将构建学术话语和实现学术创新作为学术评价标准之一,避免不必要的学术重复,杜绝恶性的学术抄袭和腐败,纠正研究中的失语之偏,建设新的中国学术话语体系,在世界学术界发出自己响亮的声音,这才是社会科学评价良性化发展的根本出路。
(2014-6)

征引文献

【1981】

1981-6 论文《亚里士多德的"Katharsis"与孔子的"发和说"——中西美学理论研究札记》,《江汉论坛》1981年第6期。

【1982】

1982-9 论文《〈文心雕龙〉中的灵感论》,《古代文学理论研究(第六辑)》1982年9月。

【1985】

1985-6 论文《含蓄与朦胧——中西文艺理论比较研究札记》,《文艺评论》1985年第6期。

【1986】

1986-1 论文《质朴平淡与浓烈奇特——中西比较诗学研究札记》,《江汉论坛》1986年第1期。

【1988】

1988-Z-1 编著《两汉文论译注》,北京出版社1988年版。

1988-Z-2 专著《中西比较诗学》,北京出版社1988年版。

【1991】

1991-3 论文《世界各民族文学理论中的共同文学规律》,《暨南学报》(哲学社会科学)1991年第3期。

1991-Z 编著《比较文学史》,四川人民出版社1991年版。

【1992】

1992-1-1 论文《中国、印度、欧洲古代伦理思想对其文学理论影响的比较》,《东方丛刊》1992年第1辑。

1992-1-2 论文《哲理与文思——试比较中、印、欧早期哲学思想对文学理论的影响》,《外国文学研究》1992年第1期。

1992-16 论文《两汉与罗马帝国文化与文论比较》,《古代文学理论研究》1992年第16辑。

【1995】

1995-1 论文《比较文学中国学派基本理论特征及其方法论体系初探》,《中国比较文学》1995年第1期。

1995-3 论文《21世纪中国文化发展战略与重建中国文论话语》,《东方丛刊》1995年第3辑。

1995-Z 专著《非性文化的奇花异果——中国古代性观念与中国古典美学》,巴蜀书社1995年版。

征引文献

【1996】

1996-1-1 论文《重建中国文论话语》,《中外文化与文论》1996 年第 1 期(第 1 辑)。

1996-1-2 论文《跨越第三堵墙创建比较文学中国学派理论》,《中外文化与文论》1996 年第 1 期(第 1 辑)。

1996-2 论文《文论失语症与文化病态》,《文艺争鸣》1996 年第 2 期。

1996-Z-1 编著《东方文论选》,四川人民出版社 1996 年版。

1996-Z-2 编著《生命的光环——中国文化于中国文论》,四川文艺出版社 1996 年版。

1996-Z-3 专著《自然·雄浑》,中国人民大学出版社 1996 年版。

【1997】

1997-1 论文《阐发法与比较文学"中国学派"》,《中国比较文学》1997 年第 1 期。

1997-2-1 论文《"〈春秋〉笔法"与"微言大义"——儒家经典的解读模式及话语言说方式》,《北京大学学报》(哲学社会科学版)1997 年第 2 期。

1997-2-2 论文《寻求比较诗学研究的新路径》,《中国比较文学》1997 年第 2 期。

1997-6-1 论文《中世纪东方文学理论的发展》,《文艺理论研究》1997 年第 6 期。

1997－6－2 论文《道与逻各斯：中西文化与文论分道扬镳的起点》，《文艺研究》1997 年第 6 期。

【1998】

1998－3 论文《老、庄消解性话语解读模式及其"无中生有"的意义建构模式》，《复旦学报》（社会科学版）1998 年第 3 期。

1998－Z 专著《中外比较文论史 上古时期》，山东教育出版社 1998 年版。

【2000】

2000－6 论文《中国文论的"异质性"笔谈——为什么要研究中国文论的异质性》，《文学评论》2000 年第 6 期。

2000－21 论文《高校中文学科课程设置之我见》，《中国高等教育》2000 年第 21 期。

2000－Z 编著《中国文化与中国文论》，内蒙古教育出版社 2000 年版。

【2001】

2001－3 论文《比较文学学科理论发展的三个阶段》，《中国比较文学》2001 年第 3 期。

2001－4 论文《汉语批评：从失语到重建（笔谈）》，《求索》2001 年第 4 期。

2001-Z-1 编著《世界文学发展比较史》，北京师范大学出版社2001年版。

2001-Z-2 专著《中国古代文论话语》，巴蜀书社2001年版。

2001-Z-3 专著《比较文学学科理论研究》，巴蜀书社2001年版。

【2002】

2002-Z 专著《比较文学论》，四川教育出版社2002年版。

【2003】

2003-1 卷首语《为什么要讨论文学性》，《中外文化与文论》2003年第1期（第10辑）。

2003-3 论文《比较文学的问题意识——以"和而不同"的尴尬现状为例》，《外国文学研究》2003年第3期。

2003-5-1 论文《跨文明研究——21世纪中国比较文学的理论与实践》，《外国文学研究》2003年第5期。

2003-5-2 对谈《装饰化、点缀化是学术的悲哀》，《社会科学报》2003年5月8日第5版。

【2004】

2004-4 论文《"误读"与文论的"他国化"》，《中国比较文学》2004年第4期。

2004-5-1 论文《西方文论话语的"中国化"——"移植"切换还是"嫁接"改良？》，《河北学刊》2004年第5期。

2004－5－2 论文《重建中国文论的又一有效途径：西方文论的中国化》，《外国文学研究》2004年第5期。

【2005】

2005－3 论文《"没有学术大师时代"的反思》，《湖南师范大学社会科学学报》2005年第3期。

2005－5 论文《从"失语症"到西方文论的中国化——重建中国文论话语的再思考》，《三峡大学学报》（人文社会科学版）2005年第5期。

2005－Z－1 编著《比较文学学》，四川大学出版社2005年版。

2005－Z－2 专著《雅论与雅俗之辨》，百花洲文艺出版社2005年版。

【2006】

2006－1－1 论文《再说"失语症"》，《浙江大学学报》（人文社会科学版）2006年第1期。

2006－1－2 论文《中国文学理论的世纪转折与建构》，《中州学刊》2006年第1期。

2006－1－3 论文《比较文学学科中的文学变异学研究》，《复旦学报》（社会科学版）2006年第1期。

2006－4 访谈《我们为什么要读"〈十三经〉"——四川大学博士生导师曹顺庆教授访谈》，《社会科学家》2006年第4期。

2006 - 7 论文《比较文学定义与可比性的反思与探索》,《江汉论坛》2006 年第 7 期。

2006 - 11 论文《中外打通,培养高素质学生》,《中国大学教学》2006 年第 11 期。

【2007】

2007 - 3 - 1 论文《中国学派:比较文学第三阶段学科理论的建构》,《外国文学研究》2007 年第 3 期。

2007 - 3 - 2 论文《文化经典、文论话语与比较文学》,《学术月刊》2007 年第 3 期。

2007 - 3 - 3 论文《重写文学概论——重建中国文论话语的基本路径》,《西南民族大学学报》(人文社会科学版)2007 年第 3 期。

2007 - 3 - 4 访谈《比较文学与学术创新——曹顺庆教授访谈》,《学术月刊》2007 年第 3 期。

2007 - 6 论文《论"失语症"》,《文学评论》2007 年第 6 期。

【2008】

2008 - 1 论文《中国文论话语及中西文论对话》,《浙江大学学报》(人文社会科学版)2008 年第 1 期。

2008 - 4 论文《变异学:比较文学学科理论的重大突破》,《中山大学学报》(社会科学版)2008 年第 4 期。

【2009】

2009-3 论文《异质性与变异性——中国文学理论的重要问题》,《东方丛刊》2009年第3期。

2009-6 论文《重建中国文论话语的三条路径》,《思想战线》2009年第6期。

【2010】

2010-34 访谈《从古典文论到比较文学——曹顺庆访谈录》,《语文教学与研究》2010年第34期。

【2011】

2011-1 论文《变异学视野下比较文学的反思与拓展》,《中外文化与文论》2011年第1期(第20辑)。

2011-4 论文《唯科学主义与中国文论的失语》,《当代文坛》2011年第4期。

【2014】

2014-6 文章《构建学术评价新标准——学术话语与学术创新》,《中国社会科学报》2014年6月4日第A05版。

2014-Z 专著《南橘北枳——曹顺庆教授讲比较文学变异学》,中央编译出版社2014年版。

【2015】

2015-2 主持人语《比较文学前沿问题》,《中外文化与文论》2015年第2期(第29辑)。

2015-12 文章《构建比较文学研究的新体系与新话语》,《光明日报》2015年12月2日第016版。

【2016】

2016-1 论文《可比性与比较文学学派》,《中外文化与文论》2016年第1期(第32辑)。

【2017】

2017-5 论文《中国话语建设的新路径——中国古代文论与当代西方文论的对话》,《深圳大学学报》(人文社会科学版)2017年第5期。

2017-22 论文《当代西方文论话语反思与中国文论话语建设》,《学术前沿》2017年第22期。

【2018】

2018-1 论文《曹顺庆:翻译的变异与世界文学的形成》,《外语与外语教学》2018年第1期。

2018-6 论文《建构比较文学的中国话语》,《当代文坛》2018年第6期。

【2019】

2019-1 文章《翻译的变异——世界文学未来何在》,《中国科学报》2019年1月23日第003版。

2019-26 论文《世界多元文明史实与西方中心文明观的破除》,《人民论坛》2019年第26期。

【2020】

2020-1 论文《变异学:中国本土话语的世界性意义》,《济南大学学报》(社会科学版)2020年第1期。

2020-3 论文《变异学:探究人类文明交流互鉴的规律》,《成都大学学报》(社会科学版)2020年第3期。

【2021】

2021-1 论文《东方文论的重要价值与话语体系的构建》,《中外文化与文论》2021年第1期(第48辑)。

编者后记

  这本书以"中国话语"为题,出于以下三点考虑。第一,曹老师的中国古代文论研究是从范畴深入到话语,再拓展到中西话语比较,老师的博士学位论文《中西比较诗学》本身就是中国话语和西方话语对话的结果。第二,老师提出的中国文论"失语症"就是针对中国话语缺失的问题,同时也对如何重建中国话语进行了长期、深入的研究。老师强调中国话语的异质性,认为重视异质性是中国话语不被遮蔽的关键。第三,老师提出的比较文学变异学研究,开拓了比较文学的学科理论和方法。作为比较文学的中国话语,变异学理论受到国际学界的广泛关注和高度评价,对中国话语体系的建构也产生了积极影响。由此可见,"中国话语"能够代表老师的治学路径、研究方法和学术贡献。我们希望这本书也能启发读者有关"中国话语"的思考。

  珠玉在前,老师已经出版的三部文选都很好地展示了自己的学术脉络。《跨文化比较诗学论稿》(广西师范大学出版社2004年版,"新时期文艺学建设丛书"之一)收录了25篇论文,分为"跨文化比较文学学科理论""跨文化比较诗学""中国古代文论与东方文论""中西诗学对话与中国文论话语重建""重建中国文论话语""中国文论的异质性"6个专题。《跨越异质文化》(山东友谊出版社2007年版,"当代博士生导师思辨集粹书系"之一)分"学术建构""文化前沿""美学思辨"3个部分,辑录了极具洞见和辞采的章节片段。《比较文学与学术创新》(贵州人民出版社2018年版,"贵州学者文丛"之一)从"失语症与重建中国文论话语""比较文学研究""文学理论的'他国化'""重写文学史""中国文化研究"5个方面选收了23篇论文。作为分类文选,这三本书也可以为读者提供有益的参考。

本书把曹老师的成果重新划分为"中国古代文论话语""中国文论'失语症'""重建中国文论话语""中国古代文论范畴""中西诗学范畴比较""比较诗学与总体诗学""世界文学发展脉络""比较文学学科理论""比较文学中国学派""比较文学变异学""跨异质文化与跨文明""学科建设与人才培养"12个专题。我们用"文论话语—'失语症'—话语重建"和"文论范畴—范畴比较—比较诗学"和"比较文学—中国学派—变异学—跨文明研究"这三条大致的线索来概括

编者后记

老师截至目前的研究，并在最后以老师的教育理念作为总结，试图以此联结老师丰硕的成果。但细心的读者肯定会发现，这些专题并非历时性的前后关系，三条线索也常常相互交织，比如"失语症"和"中国学派"、"话语重建"和"比较文学学科理论"、"变异学"和"跨文明研究"等问题其实都是老师同时期的研究方向，它们是浑融一体、难以析离的。老师的学术研究关注极广、思考极深，研究领域环环相扣，具有整体性，我们的总结与归纳有机械切割、随意拆分之嫌，还请读者谅解。

这本书的成形是合作的结果，其中李甡负责选编"中国古代文论话语""重建中国文论话语"（部分）"中国古代文论范畴""中西诗学范畴比较""比较诗学与总体诗学""学科建设与人才培养"；翟鹿负责选编"比较文学学科理论""比较文学变异学""跨异质文化与跨文明"；周姝负责选编"中国文论'失语症'""重建中国文论话语"（部分）"世界文学发展脉络""比较文学中国学派"。在选编时，我们对个别字词和标点符号进行了调整，并补充了文内注以提示引用部分的来源。既然是选编，又是三人分工，标准就难免有失客观。虽然我们努力做到既全面地囊括老师重点关注的领域，又精练地展现老师集中论述的议题，但我们目前水平不足、功力尚浅，仍然会有部分内容挂一漏万显得粗疏，也有部分内容细大不捐显得繁复。我们愿意为这些不足负责。若难以慊意，读者可以根据"征引文献"的条目，或查询"征引文献"未能涉及的作品，进行更加深入的阅读。我们希望这本书可以成为读者了解老师学术思想之津逮。

我们三人都是老师的在读博士研究生，对于我们来说，编选这本书是一个深入学习的过程。甫一入学，老师就教导我们"入门须正，立志须高"。有师兄将老师培养学生的方法概括为"精研元典，背诵名篇""双语教学，英文教材""巧设课程，中西碰撞""鼓励参与，实践锻炼""因材施教，指导选题""重视德育，全面培养"六个方面，通过编选这本书，我们更加理解了老师的用心。这些文字，让我们回忆起老师上课时的风采，也使我们更加珍惜在老师身边学习的时光。老师的论述常常让我们有"江海之浸，膏泽之润，涣然冰释，怡然理顺"之感，希望这本书也可以将这种感受带给读者。

李牲　翟鹿　周姝
2021 年 11 月于四川大学

当代名家论语丛书

《曹顺庆论中国话语》

《赵毅衡论意义形式》

《金惠敏论文化现象学》

《李怡论诗与史》

《龚鹏程论中华文化》